ニャンダフルライフ

ICHI
KOSHIMIZU

越水いち

ILLUSTRATION ミドリノエバ

CONTENTS

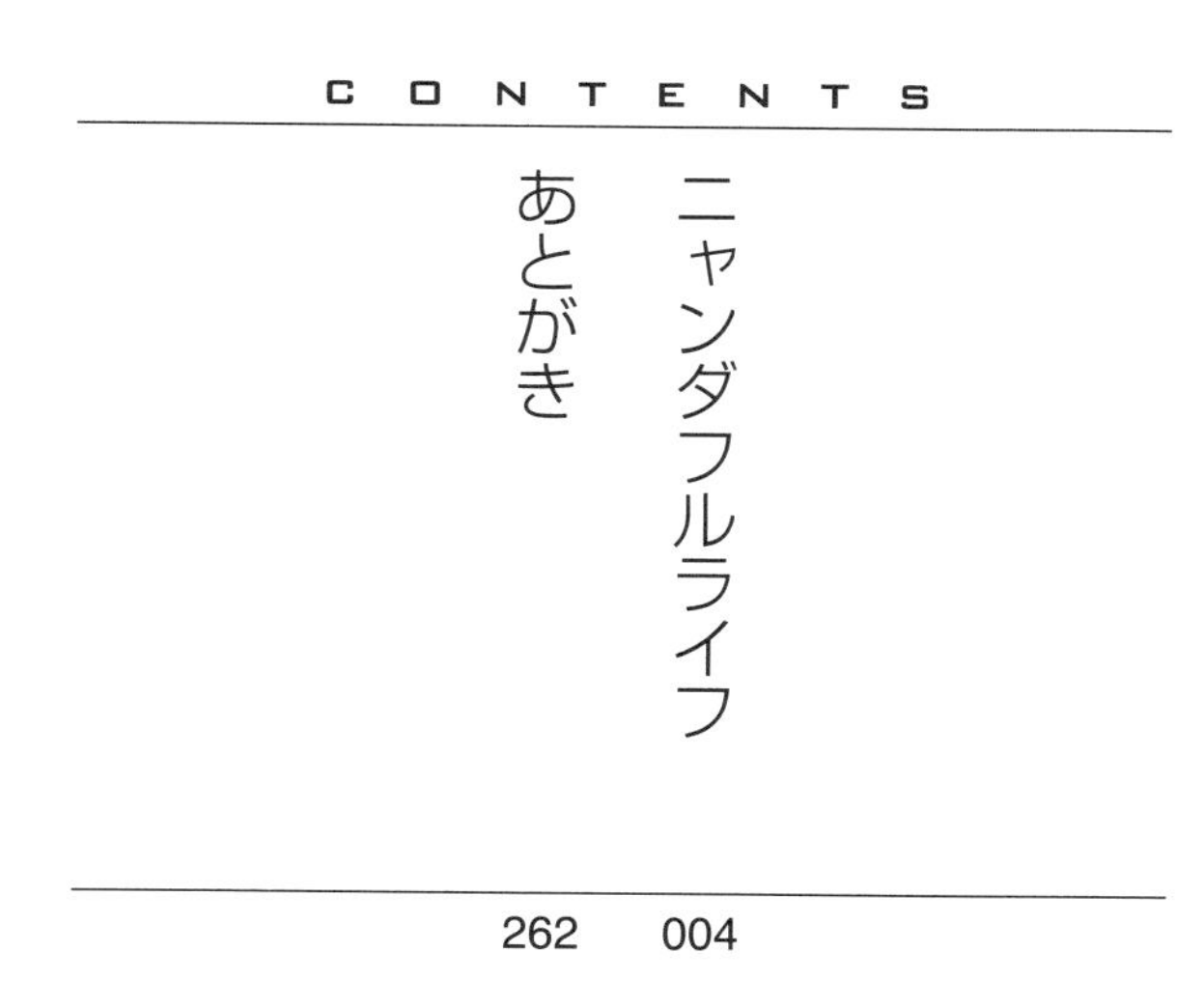

強い風が吹いて雨粒に殴られた桜が散った。横殴りの雨が実弥央(みやお)の全身を叩く。うずくまった身体の手足をいっそう縮こまらせて堪える。すでに頭からつま先までびしょ濡れだ。歯の根が噛み合わず、ぶるぶると震える。

さむい……。

みぅみぅ、とどこかで猫の鳴く声がした。

夜になって気温は一気に下がっていた。昨日まではぽかぽかと暖かくてコートいらずだったのに。壊れた雨どいから溢れた滝の雨がアパートの廊下を川となって流れていく。外階段の下に出来た空間は気持ち程度に守ってくれるだけだ。

うちに入りたい。

すぐ目の前にあるドアを見つめる。あんなに大きくてぶ厚くて冷たい印象だっただろうか。実弥央を拒むドアがいじわるな門兵のようだ。

みぅみぅ、とか細く震えた猫の鳴き声がする。実弥央が寒さに震えるとその猫も声を震わせて鳴いた。すぐ近くのような、どこか遠くからのような。どこから聞こえてくるのかよくわからなかった。寒くて心細くて闇夜から降る雨に押し潰されていく。

目を開けていられなくてぎゅっと目蓋を閉じると、少しだけ寒さが和(やわ)らいだ気がした。

両手を胸に引き寄せて頭を伏せる。そうするとまた少しマシになった。

みぅん……と猫の声は小さくなる。眠ったのかな、と思った。実弥央もなんだか頭がぼうっとして眠かった。

寝て起きたら、ベッドの中かもしれない。寒さで震えるこれはきっと夢だ。手足の感覚が遠のいて、ふわふわしてくる。

み…、と猫の鳴き声が聞こえなくなった。もう少しで眠れそうだ。

そう思ったのに、バシャン！　と水たまりを蹴散らす大きな音がして、意識が引き戻された。体格のいい人間が力強く走る音だ。それが雨を蹴散らしてどんどん近づいて来て、実弥央の横を通り過ぎたと思ったら引き返してきた。

「……おい、生きてるか？」

どしゃぶりの雨を縫って低い声が問いかけてくる。うまく顔が上げられなかった。でも耳が声に反応してぴくりと動いた。

声の主が「よかった」とあからさまな安堵を吐いた。

「それは血か？　怪我（けが）をしてるのか？　迷子か？　それとも家がないのか？」

ちょっと擦りむいただけだ、そんなたいした怪我じゃない。迷子じゃない。こっちはれっきとした成人男性だぞ。家だってちゃんとある。すぐ目の前だ。ただ入れないだけだ。だからこんなに寒くて、途方に暮れている。

しばらく沈黙が落ちて、ひどい雨の音だけが世界を覆っていた。

「……触るぞ？」

人の気配が近づき大きな手が実弥央に伸ばされた。そろりと触れた手は脇に潜り込み、うずくまる実弥央を抱き上げた。

みゃぅん、と猫の鳴き声。

「嫌がるなよ、いじめない」

そっと耳の裏を撫でられる。目を開けて見上げれば、すぐそこに優しい笑みを浮かべた男の顔があった。心臓が大きく跳ねる。

どうして、と呟いた声帯からみゃぅ、と猫の鳴き声が出た。

「冷たいな……。すぐに温めてやる」

実弥央の身体をジャケットですっぽりと包み込んで、心配そうに眉を下げる。体温を分けるようにぎゅっと抱きしめられて、ようやく思い出した。ああ、そうだった。

（俺は猫になっちゃったんだ——）

＊＊＊

三日間続いた雨が止んで空の高い日だった。実弥央はけたたましくがなりたてる目覚まし時計を平手打ちで沈黙させせると、もう一度寝てしまいたい誘惑をどうにか押しのけてベッドから抜け出た。

寝ぼけ眼でメガネをかける。そうすると景色がクリアになるだけでなく、頭もシャッキリした気になるから不思議だ。両腕を天に向かって伸ばし、大きな欠伸でこびりつく眠気を吐き出す。

カーテンの向こうに広がる青空と太陽に目を眇めた。くちっ、と小さなくしゃみが出て、鼻がちょっぴりむずむずしたけれど花粉症はまだ認めていない。

テレビをつけ、キャスターの顔を見る前に洗面台へ向かう。シャコシャコと歯ブラシを動かしながら戻るといつもどおりタイミングよく天気予報だ。

昨日とは最高気温が十度も違うらしい。冬の寒さが一転、初夏の陽気になるから上着を着ていくなら薄いコートがいいと勧めている。週間天気予報はずらりと晴れマークが並ぶ。桜が一気に満開になって、この週末が花見日和だろうとニコニコと告げた。

番組のコーナーが占いに移ったのを見て、実弥央はベランダの窓を開けた。一階だからベランダと呼ぶのも変な感じがするけれど、囲いがあるからベランダでいいだろう。角部屋の実弥央の家からは隣家の桜がよく見えた。淡いピンク色が朝日を浴びて輝いている。鳥も桜を愛でるのか、枝には花に隠れるようにして何羽か止まっていた。

「んっ」

おっ、と言ったつもりの声は泡だった歯磨き粉を噴き出さないためにこもった声になる。

桜のアーチがかかった塀の上を、ゆったりと一匹の黒猫が歩いてきていた。

ぴんと立ったしっぽ、狭い幅を危なげなく進む足取り、頭上でピチピチと鳴く小鳥を気にも留めない悠然とした態度、野良猫とは思えない艶やかな毛並み。

「おはよ、ロン」

「みゃぁお」

口から歯ブラシを引っこ抜けばちょっともごもごしつつもちゃんと言葉になった。したっ、と足音もなく塀からベランダに飛び降りた黒猫――ロンが大きくしっぽを一振りして挨拶を返す。

実弥央が勝手に名づけた『ロン』を自分の名前だと認識してくれている。かぽっと歯ブラシを咥えてロンを抱き上げても嫌がるそぶりを見せないのは信頼してくれている証だ。

朝日でぬくまった背中を撫でて瞳を覗き込む。明るさに限界まで細くなっている瞳孔が男らしさを際立たせている。かすかに青みが混じった美しいエメラルドグリーンの瞳は実弥央のお気に入りだ。

ロンとの出会いは半年前のゲリラ豪雨の日だった。ベランダに干しっぱなしだった布団の陰にロンはいた。布団がいい雨除けになっていたのだろう。でも取り込んでしまったから雨も風も直撃だ。

このアパートはペット禁止だ。飼うわけにはいかない。でもちょっとくらい……と雨に濡れてひと回り小さく見える黒猫に情が湧く。元々、実弥央は猫が好きだった。小さい頃から飼い猫にも野良猫にも妙に懐かれていたし、人に媚びない態度はカッコいい。隣の部屋の住人は平日勤務のサラリーマンではないらしく勤務は不規則、日曜日の今日も留守にしている。一晩くらいなら、きっとバレやしない。「入るか?」と招くとまるで実弥央の言葉を理解したように一鳴きし、部屋に入ってきた。

それ以来、雨宿りをさせたり、ごはんをやったりしている。

「どこひってはんだ、ロン?」

姿を見せたのは一週間ぶりだ。これだけ美しい猫なのだから、きっとロンには他にも世話を焼いたりごはんをくれたりする人間が何人もいるのだろう。

そうやって考えると、さっきのセリフはほったらかしにされて拗ねた愛人みたいだ。くだらないメロドラマを脳内で繰り広げたところで、チリリンと自転車のベルが聞こえた。はっと視線を通りの向こうに投げる。

(来た!)

制服姿の警官が自転車をゆっくりと漕いでいる。自転車に乗っていてもスタイルの良さがよくわかる。足が長すぎてちょっとばかりガニ股気味な漕ぎ方になっているのが実弥央のお気に入りだ。父親に手を引かれた園児が「おまわりさん、おはようございます!」と元気いっぱいに挨拶すると、制帽のつばに手をかけて、目尻を柔らかく下げた笑みを返している。その仕草がまたなんとも言えずカッコいい。メガネを新調して本当に良かった。くっきりと見えた表情に自分を褒めた。うっとりと見惚れていると、ふいに警官が振り向いた。

「……っ！」

実弥央はとっさに顔の前にロンを掲げた。柔らかそうな腹の毛並みが視界を埋める。その隅っこを走り去っていく自転車が見えた。

「みゃあぁ」

いつもより低めの鳴き声は実弥央に呆れているみたいだ。チリリン、とずいぶんと遠くから自電車のベルの音。行ってしまった。代わりのようにものすごい後悔が押し寄せてくる。

「……ぁぁあああ、またやっちまったああぁっ、俺のバカやろおおぉ！」

実弥央はしゃがみ込んで褒め称えたばかりの自分へ悪態を叫んだ。

「ぶみゃっ」

口から飛び出した歯ブラシを食らったロンが、責める響きで鳴く。

「今のはぜってぇわざとらしかったよな、避けたと思われちまったか？」

勢い込んで問い質すと、歯ブラシに次いで歯磨き粉の泡まで飛ばされた黒猫に前足で顔を押しのけられた。

「ぶみゃあ」

耳を倒して半目での抗議。しっぽが嫌そうに左右に振れている。

抱き上げていた手からするりと抜けだしてベランダの端に避難し、これ見よがしに毛繕いを始める。

「………悪かったって」

爪は立てられなかったが、実弥央のメガネにはくっきりとロンの肉球跡がついていた。

外したメガネをスウェットの袖で拭きながら、もうひとつ大きなため息をつく。

（絶対、不自然だったよな……）

今日こそ「おはよう」って声をかけるつもりだったのに。今さらながらに素直になれない自分の性格を呪う。

一番古い記憶は何か、と問われたら普通はどんな思い出が浮かんでくるのだろう。母親にぎゅっと抱きしめられたこと？　父親の肩車で観た大輪の花火？

羊水で揺蕩っていた記憶がある奴もいたりするのかもしれない。

実弥央が覚えているのは母方の親戚に「可愛げがない子ね」と言われた記憶だった。「うるせえ、ばばあ！」と思ったことも覚えている。彼女にも息子がいて、実弥央より半年早く生まれた男児は体格もひと回り大きく、理由は忘れたがそいつに突き飛ばされた。そうして転んで額を打って流血した。それが事故だったのか故意だったのかはあいまいだが、真っ青な顔で彼女はすっ飛んできて「大丈夫？」と抱き上げようとした。その手をペチッと叩いて拒んだのは実弥央だった。「いたくない、さわんないでっ」と言った気がする。

本当は大声でわんわんと泣きたいくらい痛かった。ぷいっと背を向けた実弥央に彼女は「まったく、実弥央は可愛げがない子ね」と言い捨てた。きっと言葉の意味なんてわからないと思ったのだろう。意味が正確に掴めなくたって悪口はニュアンスでわかる。背中を向けたまま実弥央は「うるせえ、ばばあ」と心の中で言い返した。三歳の時のことだ。

そのまますくすくと育ち、「可愛げがない」に「物言いがきつい」が中学で加わり、メガネをかけるようになった高校からは「高飛車（たかびしゃ）」も上乗せされた。

切れ長の目と薄い唇、線の細さと色の白さにシルバーフレームのメガネがのっかると、つんと澄まして「お高く止まって」見えるらしい。勝手な言い分だ。細いフレームを好んだのはずり落ちにくいからだし、嫌味ったらしいと言われたブリッジを押し上げる仕草なんてメガネ愛用者なら誰でもやる仕草だ。

ただそれらを真っ向から否定できなかったのは、実弥央にも思い当たる事が多くあったからだ。敵意にだけではなく、好意にもつんけんとした態度を返してしまう。三つの時から変わらない、筋金入りの天邪鬼（あまのじゃく）。まずいと思っても性格の修正は困難で、わずかな友人たちからの「ツンがあるからデレが際立つ」の甘やかしに胡坐（あぐら）をかいて、気づけば三十路（みそじ）手前まで来てしまった。この性格のせいで何度も人間関係の失敗を積み重ねたというのに、また新しい失敗をひとつ増やしてしまった。

「あぁー……、やな奴って思われただろうなぁ」

くしゃりと寝ぐせで跳ねた後頭部を掻き混ぜれば、「みゃお」と慰めてくれているのかロンが実弥央の膝に前足をのせた。

その口には歯ブラシが咥えられている。

「……さんきゅ」

のろのろと受け取って立ち上がる。朝の警邏に励むお巡りさんの姿はもちろんどこにも見えない。こんなことならいつもどおり隠れて待ってるんだった。

深いため息がはらりと散った桜の花びらを遠くに飛ばす。

警察官の名前は龍崎達也、二十六歳。階級は巡査長。昨年の春から駅前の交番に赴任した。町でちょっとした有名人なのは警視庁のホームページのお仕事紹介コーナーに交番勤務のモデルとして載っているからだけではなく、芸能人でも通じる顔面偏差値だからだ。まあ、それだけの男前だからモデルとして採用されたのだろう。

よくオマケをしてくれる青果屋の女将さんも、普段そういう噂話は口にしない花屋の店長も良い男だと褒めそやしていたし、ゲームセンターの店員も「あのオマワリ、ドライビングゲームの腕前がえげつない」と絶賛していた。それにＳＮＳでもすごくカッコいいお巡りさんがいると情報が拡散されたらしく、先月からやたらと学校のわからない制服の女子高生が駅前に増えた。「あんまり騒ぎになると仕事の邪魔になるからって、朝と夕方は立ち番から警邏の担当になっちゃったのよ」とは、店先から目の保養をできなくなった花屋の店長が漏らした恨み節だ。

独身だが、卒業式で学ランのボタンを袖まで毟られても死守した第二ボタンを渡した彼女がいるらしい。非番の日にそれらしい美女が自宅を訪ねていたのを何度か目撃されている。

（俺は見たことないけど……）

薄い壁で区切られた隣の部屋に視線をやる。ずいぶんと不規則な生活をしている職業不詳のお隣さんが、町で人気のお巡りさんだったと実弥央が知ったのはロンと出会った数週間後のことだった。

それまでは眼中になかったお巡りさんに恋をしてしまったのも、その時だ。


毎月第一日曜日は、駅を越えた先のスーパーが月に一度の特売をする日だった。指に食い込むビニール袋の重みに、「失敗した……」とぼやきが漏れる。肩掛けのエコバッグを忘れてきたたと会計前に気づいていれば醤油の購入は見送ったのに。米と醤油と六本パックの缶ビール二ケースを指先にぶら下がっていると重さで肩が外れそうだ。

「大根とキャベツもやめとくんだった……」

どっちもお手軽調理でいい酒のツマミになるからと一個買いをしてしまった。そこの花壇に何食わぬ顔で埋めていきたい。……しないけど。

実弥央は自宅までの距離を一歩でも短縮しようと普段は通らないさびれた公園に入った。隅っこに水が流れるかもあやしい公衆トイレと、錆びていてぶら下がったらぽっきり折れてしまいそうな鉄棒があるだけの小さな公園だ。どうも巡り合わせが悪いのか、実弥央は男なのに露出狂や変質者との遭遇率が高かった。だからこういう危なそうな場所は避けるようにしていたのだが、この日は少しでも早く楽になりたかった。

まだ昼を回ったばかりだし平気だろ。

そうやって気を抜いた時にこそ事件が起こる。

公園の入り口にまで伸びた枝を避けて公園に踏み込んだ実弥央はぎくりと足を止めた。なにせそいつは公園の真ん中で太い桜の木に向かって立っていた。男がきょろきょろと辺りを窺う。実弥央はとっさに木陰に隠れた。枝が男から実弥央を隠す役割を果たしてくれたらしく、こちらには気づかなかった。

挙動不審の男は知った人物だった。見慣れた制服姿ではなかったが間違いない、駅前の交番に春先から配属されたイケメンお巡りだ。何度か買い物の時「ねえ、もう見た？カッコ良くない？」と青果屋の女将さんに言われたから名前と顔は知っていた。

カッコいいとは思う。でも趣味ではなかった。実弥央は同性が恋愛対象だったけれど、一貫して好きになった相手は年上だ。だから年下の時点で範疇外だった。あと少し目つきが怖い。まだ職務質問を受けたことはないが、駅前で彼の前を通る度に睨まれている気がする。

スーパーに向かう際、へべれけに酔っ払ったおっさんに絡まれているのを見た。無賃乗車だったらしいのだが言っていることは支離滅裂で、壮年の貫録ある警官ではなく若いイケメンお巡りの方に悪態をついていた。「誰のおかげで給料もらえてると思ってんだ」とか、ただの身長差なのに「上から目線で見下しやがって」とか、あんなのの相手をしなきゃいけないんだから警官も大変だな、と宥める姿を尻目に通り過ぎた。

（そのイケメンお巡りがこんな所で何してるんだ？）

品行方正で真面目で誠実、の触れ込みの警官が人気のないさびれた公園で周囲を気にしながら植え込みのそばにしゃがみ込んでいる。

どう見てもあやしい。

（まさか放火しようとか……？）

いやいやまさかそんな、と否定しつつ、ああいう外面が良い奴ほどストレス溜め込んで犯罪行為に走るんだよな、と偏見以外の何物でもない推測をする。

それにあいつはさっき面倒な酔っ払いの相手をしてた、相当うんざりしたに違いない。

ひょっとするとひょっとするかもしれない。

実弥央は固唾を飲んだ。もし本当に犯罪行為を犯すようなら……、ようなら？

取り押さえる？

（それは無理だろ）

体格差もそうだが、自慢じゃないがケンカの経験はゼロだ。

だったら交番に駆け込む？

（信じるか……？）

町で人気のお巡りさん――真面目で通っている――が放火してたってしがない小市民が訴えて、果たして信じてくれるだろうか。

証拠だ。証拠がいる。

握りしめていたビニール袋を音を立てないようそろりと下ろして、ポケットからスマートフォンを取り出した。素早く操作してカメラを起動させる。決定的瞬間を映像で残せば証拠になる。カメラをズームにして、何かをしでかすのを待つ。

誰もいないと思い込んだイケメンお巡りは、おもむろに植込みの雑草をむんずと掴んだ。そうして勢いよく引っこ抜いた。

（…………へ？）

続いて左手も同じように伸び散らかった雑草を握りしめ、ずぼっと引っこ抜く。右、左、右とけっこうな早さで抜いては後ろに放り出している。

最初は何をしているのかわからなかった。どうやらあれは彼なりのストレス発散をしているようだと思い至る。

（マ、マジかよ……）

草むしりなんて遅刻三回の罰則じゃないのか。それを自主的にやる奴がいるなんて。しかもストレス発散に。

拍子抜けした。同時に、これは見なかったことにして立ち去ってやった方が良さそうだとスマートフォンをポケットに仕舞う。あとはこっそりと公園から出てしまえばいい。

「にゃぁん」

ところが愛らしい鳴き声が実弥央にすり寄ってきた。公園で日向ぼっこをしていた茶トラの猫がビニール袋を取ろうと伸ばした実弥央の腕にしっぽを絡める。ついでに踏みつけたビニール袋がガサガサと鳴った。

「誰だ……！」

夢中になって草を毟っていたイケメンお巡りが振り返る。大声に驚いた猫は一目散に逃げてしまい、俊敏さとは無縁の実弥央は中途半端に屈んだ体勢でバッチリ目が合ってしまった。

「あ、いや、俺はなにもっ」

今来たばかりを装えば良かったと気づいても後の祭りだ。しどろもどろの返事は一部始終を目撃しましたと白状したも同然だ。

「……見てたのか」

悟った男が顔も耳も首も真っ赤に染める。

ぎくり、と心臓が跳ねた。いや、ドキリだったかもしれない。とにかく心臓がひっくり返ったみたいに跳ねて、なぜだか実弥央も顔を赤く染めた。

なにかっ、なにか言わないと。

「……み、見てないって言ってんだろ！」

逆ギレで叫んで、実弥央は公園から逃げ出した。結果的に家には早く着いたけれど、重たい荷物をぶら下げて走ったせいで膝がガクガク笑って、腕はペットボトルを傾けるのにもプルプルと震えた。

冷静になって考えてみれば、別にヤバい場面を見たわけではないのだから逃げ出す必要はなかった。

でも見られたくなさそうにしてたし……。

ふいにイケメンお巡りの真っ赤な顔が浮かぶ。ちょっと、いやかなり意外な反応だった。

まさに茹で蛸(ゆでだこ)だ。

「ストレス発散が草むしり……」

ぶふっ、と喘（あえ）ぐみたいに噴き出す。改めて思い出したら妙におかしくて、実弥央はベッドに倒れ込むと腹を抱えてひとしきり笑った。笑い過ぎて涙まで浮かんでくる。

「はあぁ……」

走った疲れと爆笑した疲れにごろりと仰向けになって脱力する。

「あー……ビール冷やさないと」

冷蔵庫の前に置きっぱなしにした荷物を思い出すけど動くのが億劫（おっくう）だ。窓ガラス越しに差し込む午後の陽射しは暖かくて気持ちがいい。昨日、布団を干しておいて良かった。ふかふかの羽毛布団に埋もれているとそれだけで幸せを感じる。

どうやらそのままうとうとと寝てしまったらしい。目を覚ますと外はすっかり暗くなっていた。通りの街灯が真っ暗な室内をぼんやりと照らしている。

ふくらはぎがじんわり痛い。筋肉痛だとしたらさすがに軟弱すぎる。

のそのそと起き上がるとかけっぱなしだったメガネを外した。変な角度に顔を傾けていたらしく、弦が食い込んでいたこめかみがかゆい。

今は何時だろう。

ぽりぽりと掻きながらスマートフォンを探していたら、ベランダからガラスを引っ掻く音がした。

「みゃぁお」

それに実弥央を呼ぶ鳴き声。擦りガラスの向こうにぼんやりと黒い塊が見えた。きっと雨宿りをさせて以来、よく顔を見せるようになった黒猫だ。

「待ってろ、今開ける」

メガネをかけ直してベランダを開けに行く。今夜は雨がぱらつくかもしれないと天気予報で言っていたから、雨宿りを乞いに来たのだろうか。それとも腹を空かせて食べ物を求めに来たのか。いつぞやみたいに狩った獲物を猫の恩返しよろしく持ってきたのではないといいけれど……。

「どうした？」

窓を開けると夜の使者みたいな黒猫は足音もなく室内へと入り込んだ。空には月がぽっかりと浮かんでいるのが見えた。秋の彩りを宿した風は少し冷たいけれど心地いい。雨の気配はない。ということは腹が減ったのか。

問うまでもなく黒猫は実弥央の足に体全部を使ってすり寄ってきた。瞳孔がめいいっぱい広がったアーモンドアイが期待を込めて見つめてくる。

「ちょっと待ってろ」

黒猫が訪ねて来るようになってから、キャットフードのバラエティパックを買い置きしていた。一食分の個別包装になっていて味は五種類。それをやはり猫用に購入した小皿に開けて水と一緒に黒猫の前に出した。

遠慮なのか警戒なのか気に入っているのか。黒猫は一晩泊めても大概はベランダ近くからあまり動かない。目の前に置かれたごはんに、お礼代わりにか、すいっと上げた鼻をひくつかせてから顔を下げてカリカリと食べ始める。

「美味いか？」

毎回違う味を出してみているが食いつきに差はない。しいて言えばマグロの時は嬉しそうに見えた。

「でも腹減ってただけかもだしな」

毎日世話をしていれば好みもわかるのだろうが、残念ながらこうして時折、立ち寄るのを迎えるだけだ。名前だって付けていない。

でも黒猫と呼びかけ続けるにしては仲良くなった。元々気性は荒くないらしく、食事中に頭を撫でても威嚇してこない。実弥央を奪っていく者ではなく与えてくれる者として認識している。賢い猫だ。心を許してくれているのが嬉しい。そろそろちゃんと呼び名をつけてやってもいいかもしれない。

（きっといろんな所でいろんな名前で呼ばれてんだろうけどな）

しなやかでしたたかで誰にも媚びず、方々で愛されている気配が黒猫の優美な足取りと艶のある毛並みから推測できた。

何がいいだろうか。黒、は安直すぎる。ブラック……、も同レベルでそのまんまだ。

じゃあ、夜と騎士をかけてナイトとか。……ちょっとカッコつけ過ぎか。もう一息でしっくりくる名前が浮かんできそうだったのに、開け放した窓から流れ込んできた風に邪魔された。

煙草臭い。

うっ……と息を詰めても間に合わず、実弥央は「うえ……っ」とえづいた。昔からとにかくこの臭いが嫌いだった。副流煙が身体に悪いと知ってからは憎悪と言ってもいい。かすかな臭いだけでも目にまで染みて尖った痛みに涙が滲む。黒猫も旺盛な食欲を見せていたのに、たしんっとしっぽで床を叩いて顔を上げた。

隣の奴だ。ベランダで煙草を吸ってやがる。

（ふざけんな、部屋の中で吸えよ）

大方、ヤニで壁紙がやられた時の修繕費をケチってベランダで吸ってるんだろう。冗談じゃない。こちらが窓を閉めればいいって問題ではない。洗濯物を干している時に吸われたら、全部が煙草臭くなるじゃないか！

半分だけ開けていた窓を荒っぽく全開にして実弥央はベランダに出た。赤く燃える小さなタバコの火が仕切から突き出ているのが見えた。伸び上がるようにして隣を覗き込む。

「おいっ、臭いが来るんだよ、ベランダで吸う、な……お、お前……！」

実弥央は不躾に指差して驚愕した。予想外の見知った顔。本日、二度目の遭遇。文句を叩きつけた相手はあのイケメンお巡りだった。

（こいつがお隣さんだったのかよっ？）

「すまない、臭いが行ってしまったか」

固まる実弥央と対照的に、イケメンお巡りは隣の住人が実弥央だと気づいても特に驚く様子はなかった。咥えていた煙草の火が揉み消される。煙の残滓を吸って咳き込んだ実弥央に心底申し訳なさそうに詫びがよこされた。

「ベランダで吸うの、やめてもらっていいですか」

煙が目に染みてぽろりとこぼれた涙を袖で拭いながら釘を刺す。どうしようもない生理現象でも涙をこぼした姿を見られるのは気恥ずかしい。

「ああ、すまない。普段吸わないから気が回らなくて」

言われてみれば灰皿は小さな携帯タイプのケースだし、煙草の箱は開封したばかりでほとんど中身が減っていない。

無造作に残りの煙草がポケットに突っ込まれた。煙草を持っていた拳を反対の手が宥めるように擦る。

「やめようと思ってるんだが……ストレスが溜まると手を出してしまう。意志が弱くて駄目だな」

月明かりが落とす影が彫りの深い顔立ちに強い後悔を浮かび上がらせる。まるで懺悔をされているみたいだ。実弥央としては室内で吸ってくれれば隣人が喫煙者でも非喫煙者でも気にしない。勝手にしろよ、といつもなら素気無く斬り捨てるのに、助言を与えてやらねばと思ったのはそのせいかもしれない。

「だったら今度煙草が吸いたくなったら指を揉んでやるといいですよ」

「指を？」

「そう」

ここらへんの、と手の甲を見せる。

「爪の根元を十秒ずつマッサージすると副交感神経が刺激されて、リラックス効果がある」

「そうなのか」

手を広げて揉む場所を見せてやると早速真似して自分の指を揉み出した。節くれだった男らしい指は、実弥央のそれよりも優に関節ひとつ分は長い。

「なるほど、気持ちいいな」

「ただし薬指は揉まないこと」

人差し指から始めて中指、薬指と順番に揉もうとしているのを止めた。

「薬指は交感神経を刺激するから揉んだら逆効果になる」

「わかった。今度苛立った時は試してみる」

ありがとう、と手元に落としていた視線をこちらに向けて微笑まれた。

それが思いの外……無邪気（むじゃき）、というか甘えた笑みで鼓動が跳ねた。しゃっくりを無理矢理飲み込んだみたいに胸が苦しくなる。実弥央はシャツを握りしめるとメガネの奥で視線をさまよわせた。

「べ、べつに。またベランダで吸われたら迷惑だからな」

「すまない」

「そんなに何度も謝らなくていい」

「いや、煙草だけじゃなくて、公園では変なところも見せた」

続けて言われた言葉に、思わず噎（む）せた。さっき目撃してしまったのが実弥央だと、バッチリ気づかれていたらしい。

「土いじりをすると落ち着くんだが、ここには庭がないからついあそこで……。木谷（きや）さんを驚かせるつもりはなかった」

短く刈り込んだうなじを撫でながら自分の名前をごく自然に呼ばれてぎょっとした。

「なんで俺の名前知ってんだ」

「郵便受けに書いてあった」

「あっ、あー……」

そういえばそうだった。ついでに部屋番号横の表札にも書いてある。

こいつの名前はなんだったか、と記憶を探る。表札を見た記憶がある。たしか……龍崎だ。やっと隣人とイケメンお巡りが結びつく。

「へー、さすがお巡りさん、そういうのいちいちチェックしてるんだ」

我ながら嫌味な言い方が飛び出す。せっかく和やか……とは言い切れないまでも穏やかな会話が出来ていたのに。先ほどとは違う苦い閉塞感で胸が重苦しくなる。

「本来なら引っ越してきた時に挨拶すべきだったんだが、最近は防犯上、好まれないと聞いてしなかった。どこかのタイミングで顔を合わせた時に声をかけようと名前だけは確認していたんだ。遅くなって申し訳ない」

気分を害したに違いないと思ったのに、龍崎は実弥央の棘を含んだ言い方に眉を顰めるどころか、頭を下げて不義理を詫びた。

噂以上に実直な男だ。

「あっ……もしかして交番の前通る時に見られてる気がしたのって！」

「ん？　ああ、挨拶のタイミングを考えていた」

つまり龍崎はかなり前から実弥央が隣人だと知っていたわけだ。それならそうと早く言ってほしかった。

（思いっきり目を合わさないようにして通り過ぎちゃってたぞ、俺）

もしかしなくても、だいぶ失礼な態度じゃないか。

「ベランダで煙草は吸わない。改めてよろしく頼む」

「……こちらこそ」

差し出された右手に気がつけば実弥央も手を伸ばして握手を交わしていた。

指が長いだけではなく、手のひらも大きくてぶ厚い。そのくせ触り方は優しい。ベランダの仕切越しの握手に、また龍崎はあの屈託のない笑顔を見せた。

あ、まずい。

思った時には遅かった。触れた手のひらが熱を持って、全身が心臓になったみたいにドクドクと脈打った。暗闇の中で龍崎の姿だけがくっきりと浮かび上がって見えた。真っ黒だと思った目が月光を受けてやけに色っぽい。光の挿し込む角度で虹彩がうっすらと青みがかっていると気づく。東北の血筋なのかもしれないとメガネメーカー勤めの雑学が頭の片隅に浮かんだ。ずっと人の内面を探るような眼光だと思っていたのに、真正面から見つめ合うと優しげで吸い込まれそうになる。綺麗な目をしてると思った。

たったそれだけのことで、実弥央は恋に落ちた――。

点けっぱなしのテレビから少々派手な声が時刻を告げるのが聞こえた。

出会いの記憶から現実に引き戻され、やばいっ、と立ち上がる。

まだ何も準備が終わっていない。このままでは遅刻だ。

ロンの咥えた歯ブラシを受け取って中断していた出勤準備に戻る。マイペースな黒猫はすっかり食べ終わっており、用は済んだらしい。美しい跳躍でベランダの手すりに乗った。

口をゆすいで顔を洗い、猫っ毛のせいで毎朝爆発する寝ぐせをどうにか整えて部屋に戻るとてっきり行ってしまったと思ったロンがまだベランダにいた。ひらり、ひらりと舞い散る桜の花びらを凛とした横顔で見上げている。物音に気づいて振り返り、「みゃお」と鳴いて立ち上がる。

「もしかして待っててくれたのか」

「みゃお」

「さんきゅー。お前ももう行くのか？　気をつけろよ」

「みゃぉん」

本当に実弥央を待っていたかのように答えたロンは、桜のアーチをくぐるとどこかに行ってしまった。

バタバタと着替えながら、猫のロン相手なら素直に言えるのにと落ち込みがぶり返してくる。

ロンはエメラルドグリーンに青が混じった美しい眼をしていた。不思議な魅力の瞳、それにしなやかで美しい真っ黒な毛並みが、龍崎に似ていると思ってしまったから、実弥央は黒猫を龍（ロン）と名づけた。

「人間のお前もかっこいいよな」と言われたってロンにはいい迷惑だろうが、特に気にすることなく実弥央の恋愛話を聞いてくれている。また失敗した！　と泣きついた時はさっきみたいに迷惑そうにされるけど。でも意味を理解せずとも聞いてくれる相手がいるのは――それがたとえ猫でも――ありがたかった。

「やべ」

せめて食パンくらいは焼こうと思っていたけれど、それも無理そうだ。朝食はコンビニエンスストアで買うことにして、実弥央は家を出た。

町の景色はすっかり春めいていた。駅までのショートカットに突っ切った公園では、茶トラの猫がベンチで丸くなって日向ぼっこを楽しんでいる。初めて見る猫だった。靴下を履いた足はふわふわ真っ白で毛並みもいいから、首輪はしていないけれど飼い猫だろう。

ここの桜は他よりも咲くのが早かったせいか、そよ風でもはらはらと花弁が散って足元はピンク色の絨毯になっていた。

横を通り過ぎる時、眠っていた猫が薄く目を開けたので耳の裏をひと撫でしてやった。気持ち良さそうに喉を鳴らし、また眠りに戻っていく。ロンに限らず、小さい頃から妙に猫からは好かれていた。

「仲間だと思われてるんじゃない？」「実弥央は外見も中身も完璧に属性、猫って感じだもんな」と言ったのは高校時代からの友人たちだ。実弥央の素直になれない性格を可愛いと言ってくれて、でもきつすぎるもの言いをしたらちゃんとたしなめてくれる友人にはいつも感謝している。でも彼らはたまに実弥央より遠慮のないツッコミをずけずけとしてくる。特に恋愛話の時は辛辣だ。

公園を抜けて駅前の商店街通りを真っ直ぐ行けば、ほどなくして駅が見えてくる。

実弥央は交番の横に止められた自転車を見つけて、小さく胸を弾ませた。最近、朝の立ち番はしていなかったのに、龍崎が交番の前に立っていた。

龍崎がこちらに気づく前に髪を手櫛で梳いた。寝ぐせはちゃんと直したけど、風に煽られると髪の毛が細いからすぐくしゃくしゃになるのだ。目元までかかる前髪を整えて、仕上げにメガネのブリッジをぐいっと押し上げる。

今度こそちゃんとおはようと挨拶をする。

そうやって意気込んだのに、近づいて龍崎の姿かたちがはっきりしてくると直視していられなくて段々と実弥央は俯いていった。

一八〇を超える長身と鍛えられた肉体は姿勢の良さも相まって立っているだけで凛々しい。

短く刈り込んで整えた髪に男らしい眉とすっと通った鼻筋。「お巡りさん」という親しみを感じる呼称のわりに、龍崎は少々眼光が鋭くて笑顔が少ない。以前は威圧的で怖いなと思っていたそれも、今となっては寡黙でカッコ良く見える。

商店街のおばさま方に言わせれば往年の映画俳優を彷彿とさせる実直な佇まいがいいらしく、十代の女の子たちには媚びてなくてクールなのがイケてるのだそうだ。

実弥央も二十六歳とは思えない落ち着いた物腰が好きだった。

今も「おはようございまーす！」と声を揃えた三人組の女子高生に、浮かれた様子もなく目礼を返していた。本人に聞こえる声で「早起きのお得ー！」とはしゃがれても泰然としている。

「おはようございます」

それまで受動的だった龍崎は、実弥央に気づくと彼の方から挨拶をしてきた。警察官らしい緊張感で引き締まっていた顔が、親しみのこもった笑みを浮かべる。特別扱いに感じる小さな優越感と気恥ずかしさをショルダーバッグのベルトをぎゅっと握ることでこらえる。

「おはよう」

ぼそぼそと小声でも返せたのは実弥央にとっては快挙だった。

「今朝、見回り途中に木谷さんが猫を抱いているのを見た」

挨拶をして終わりだと油断していたら、さらに話しかけられて実弥央は息を飲んだ。どうして無視をしたのかと問い質されるのだろうか。

「あー、そうなの？」

「木谷さんは猫に好かれている気がする」

「へ？　あ、ああ、まあ、わりとそう、かも？」

ところが続いた言葉は、責めるより羨ましがる響きに聞こえた。

「猫が好きなのか？」

「犬か猫かって言われたら猫派かな……」

「俺も猫派なんだが」

「へぇ」

そうなんだ。なんとなく立ち振る舞いから犬派かと思っていた。でっかくて命令をよく聞くシェパードみたいなやつが好きそうなイメージを抱いていたから、少し意外だ。

「どうも猫には嫌われる性質みたいで、好かれるコツがあるなら教えてほしい」

「コツ……」

そんなことを乞われたのは初めてだ。真面目が過ぎるせいなのか、龍崎はたまに突拍子もない。知っていれば教えてやりたいが、あいにくと向こうから勝手に寄ってくるから実弥央にはどうすれば好かれるかなんてわからなかった。

「好かれようとしてギラギラしてんのが駄目なんじゃないの」

でもなんかアドバイスしてやらないと。それだけ考えていたらきつい言い方になっていた。そうか、と神妙に頷いた龍崎の表情は変わっていない。でもなんとなく落ち込んでいる気がする。犬なら耳としっぽがしゅん……と垂れた状態だ。

いたたまれなくなって、実弥央はわざとらしく腕時計を見た。

「遅刻するからもう行かないと」

「待て」

踵を返した実弥央の腕が強く掴まれた。うわ、と不意打ちにバランスを崩す。倒れるっ、と思った先で逞しい身体にぶつかって支えられた。

頭ひとつ分違う身長差のせいで、その体勢は龍崎に抱きしめられているようだった。

「な、なにを」

「そのまま」

混乱して見上げれば、見る度に見惚れる整った顔立ちがありえない至近距離にあった。

そっと子猫を甘やかすみたいに龍崎の手が前髪に触れた。潜り込んだ指がさらりと髪を梳いて額を掠めていく。まるで恋人にするみたいな触り方だ。

逞しい想像力が龍崎にキスされる姿を思い描いてしまい、実弥央はたまらず目をつぶった。

「取れた」

「…………？」

そろりと目蓋を上げた視界で薄ピンクが揺れる。龍崎の指先には桜の花びらが摘まれていた。

「公園、通ってきたんだろう。髪に桜がついていた」

「だ、だったら、そう言えよ！」

あるわけないのに、邪な期待が一瞬脳裏をよぎった自分が恥ずかしくて飛び退く。羞恥心が全部攻撃的な形になって口から飛び出した。

「……すまない」

龍崎に謝られて、よけいに不甲斐なさが募った。

どうしてもっと上手く話せないのだろう。

ありがとう、あそこの桜綺麗だよな。花見とかはしないのか？

想像の中でならいつだって流暢にしゃべれるのに、天邪鬼な唇からは正反対の言葉しか出てこない。

「謝られても困るし」

ああ、ほら、また。もっと柔らかく言えばいいのに。こんな跳ねつけるような言い方をしたら、不愉快だって言ってるみたいに聞こえてしまうじゃないか。

「…………遅れるから、じゃあ」

「引きとめてすまな……、仕事がんばって」

謝りかけた言葉を止めて、龍崎が見送りの言葉に変える。

龍崎の節くれだった指から、ひらりと花びらが落ちていく。

やっぱり「ありがとう、お前もな」とは言えずに実弥央は無言で立ち去った。乗り込んだ電車のモニターでは星座占いが流れていた。みずがめ座への一言アドバイスは「感謝を言葉にして伝えよう」だった。うるせぇよ、と目の前の男が背負ったリュックに潰されながら毒づいた。

今度こそ嫌われたかもしれない。

「なーんて先週はメソメソ泣いてたのに、桜前線一週遅れで実弥央君にも春到来ってことかな？　いいねぇ、風情があるねぇ。やっぱり桜といえば出会いの季節だねぇ」

急遽、開催されることになった飲み会の理由を聞いた犬飼が、うんうん、とビール片手に頷く。

関東で生まれ育った実弥央からすれば、桜は卒業シーズンの風物詩、別れのイメージだったけれど、小、中学校を北海道で過ごした犬飼にとっては入学式、出会いと始まりの印象が強いようだった。

「メソメソ泣いてねーし！」

「春到来は否定しないんだ」

茶化すように揚げ足を取ってくる犬飼の頬はほんのりと赤い。まだビール二杯のくせに犬飼はすでにほろ酔いだ。

「くだらなくて訂正する気になんなかっただけだ」

「あーそっかそっか、出会いはもうとっくにすませてるもんね。月夜の晩、偶然が折り重なっての巡り合い、そしてフォーリンラブ。運命だねぇ」

「おまえ……自分で言ってて恥ずかしくねぇの」

身振り手振りの上手さはさすが元演劇部だが、実弥央は冷ややかな一瞥を送った。

「でも思ってもみなかった展開には驚いた」

「ん、まぁ……」

空いた実弥央のグラスに斜め向かいから鶴来がビールを注ぐ。

「健人、俺には天ぷらー、あーん」

餌を待つ雛よろしく犬飼がぱっかりと口を開けて鶴来の袖を引っ張る。

「お前なぁ、自分で食えるだろうが」

呆れつつも、鶴来はとろけるような笑みを浮かべて藻塩をつけたたらの芽を犬飼の口元に運ぶ。

サク、と揚げたての天ぷらが美味そうな音をさせて犬飼に食われた。口端についた塩をごく自然に顔を寄せた鶴来が舐めとった。

個室だといつもこうだ。

鶴来と犬飼が恋人になってもう十二年なのに、二人は付き合いたてのカップルみたいないちゃつき方をする。

犬飼和良と鶴来健人とは、高二からのつきあいだった。

クラスが一緒になったこともない二人とつるむようになったきっかけは、今なら学校でなに馬鹿なことしてんだ、で笑い話にできるがあの時は本当に落雷でも食らったかのようだった。

夏休み前の期末テストが目前に迫ったある日、化学室に教科書を忘れて来てしまったことに気づいた実弥央が取りに戻ったら鶴来と犬飼がヤッていた。誤魔化しようもなく完全に鶴来のナニが犬飼の尻に突っ込まれていた。

小窓から何が行なわれているのか理解して硬直していたら、鶴来にしがみついていた犬飼と目が合って――、実弥央は猛烈な勢いでその場から逃げた。

しかし素性はばっちりバレていた。

翌日の昼休み、二人に呼び出された実弥央は言いふらさないでほしいと頭を下げられた。正直に言えばこの二人が出来ていたのは意外だった。鶴来は一九〇センチ近い身長に甘いマスク、勉強が出来てサッカー部の次期エースの呼び声高く、家は金持ち。バレンタインデーには裏庭に告白待ちの行列が出来たなんて噂が流れるくらいよくモテる男だった。犬飼もパッチリとした二重ときゅっと口角の上がった唇が愛らしく、クラスメイトの女子が勝手に応募したアイドル事務所のオーディションに受かった時は、ちょっとした騒ぎになっていた。

そんな二人が出来てるなんて知れたら、大騒ぎになるだろう。「わかった、言わない」とちゃんと約束したのに、あっさり請け負ったのが悪かったのか、二人は「本当に?」となかなか信じてくれなかった。それがあんまりにもしつこくて、実弥央は口を滑らせるように言ってしまったのだ。

「九尾先輩でしょー」

記憶に重なるように二つ目のたらの芽を食べさせてもらった犬飼が指を折る。

「あー、あの五股男な」

「次が国語の鹿賀センだっけ？」

「いや、その前に教育実習生のロリコン」

「そういえばいたね、そんな人」

「んで不倫解雇の鹿賀セン、借金まみれの鷹元、ＤＶクソ野郎の鷲崎だな」

「…………何が言いたい」

メガネのレンズを光らせて、二人を睨む。指折り数えられていくのは、これまで実弥央が片想いをしてきた男たちだ。

「実弥央、男の趣味悪すぎ。まず九尾先輩って時点でやばいっしょ」

その口調は、あの昼休みに「俺も実はサッカー部の九尾先輩が好きなんだ」とぶちまけてしまった時とそっくりそのまま同じだ。

実弥央もゲイだと驚くより先に犬飼は「え、木谷君って男の趣味悪すぎ。ヤバいっしょ」とのたまってくれたのだ。

そこからはもうなんだか転がり落ちるように仲良くなって、いつの間にか三人でいるのが当たり前になっていた。

犬飼とは学部違いの同じ大学に進学し、鶴来とは現在同じ会社に勤めている。全国にチェーン展開しているメガネ工房社の現社長は鶴来の父親だ。実弥央が就活でメガネ工房社を受けてみようと思ったのは、鶴来に「うちに就職したら社割でメガネが買えるぞ」と言われたからだった。

鶴来は社長直属の企画戦略室、実弥央は経理部でほとんど関わりがないのもあって、会社ではお互い知らないフリをしている。鶴来と友人だと知れると何かと面倒が増えるからだ。

「悪かったな、見る目がなくて」

どの相手も物腰が柔らかくて、まさかそんな最低な男だなんて思わなかったのだ。

(九尾先輩は……わりと噂がたってたけど)

「いやー、むしろ見る目があり過ぎるんじゃないか」

「ほんと、それ」

「どういう意味だよ……」

したり顔で頷き合う二人が気に食わない。

「実弥央はさ、本気で恋愛する気ないでしょ」

犬飼がびしりと人差し指を向けてくる。

「そんなこと……」

「あるよ。だから全部片想いで年齢＝恋人いない歴、ファーストキスもまだなんじゃん」

「キ、キスくらいある！」

「コンパの泥酔ベロちゅーテロはノーカンだからね」

「うっ……」

まさにそれをカウントしていた実弥央は声を詰まらせた。頬杖をついた犬飼は小さくため息を零して続ける。

「いつもうまーくダメ男嗅ぎ分けて、俺たちにそんな奴やめとけって言われて、やっぱりとんでもない奴でしたー！　ってわかったら落ち込んでるのを、だから言ったじゃんって慰められて恋愛した気、失恋した気になってんだよ」

「………………」

ない、とは言い切れなかった。

「そりゃあすぐツンツンしちゃうところとか欠点はあるけどさ、実弥央はもうちょっと自分に自信持っていいんだよ。俺は実弥央をちゃーんと知ってるから、お前は可愛い奴だってわかってるし、それに気づいて好きになってくれる男は他にも絶対いるよ」

下に兄弟がいるからか、犬飼は実弥央に対してもたまにおにいちゃんっぽい顔をする。

意地を張りがちな実弥央も、この二人にはずいぶんと素直になれた。たぶん最初にこいつらのとんでもない場面を見てしまったせいだろうなと思っている。言い換えればそれくらいぶっ飛んだことがなければ、自分をさらけ出すのが実弥央には難しかった。

「和良に言われても嫌味にしか聞こえねーし」

唇を尖らせて詰っても、実弥央のそれが照れ隠しだと知っている犬飼は気にしない。

「あっはっはー、まぁね、俺ってば可愛いからね」

えへん、と胸を張る犬飼の仕草は悔しいかな、事実可愛い。犬飼がズバズバとあけすけなことを言っても諍いにならないのは、柔らかな声音とおっとりとした印象の見た目だからだ。元から色素が薄くて明るめの髪は、試しにやってみたという緩いパーマがよく似合っていた。トイプードルっぽくて犬飼のわがままなら「仕方ない」と許してやりたくなる。

「あとはあれだ、ツンデレのデレをちゃんと発動すれば、貢ぎ体質の男がわんさか釣れ、うぐっ！」

「ダメ男を好きになるなって話でしょーが」

犬飼の肘鉄が鶴来の脇腹にめり込む。

「そこにきて今回の相手なわけですよ。警察官で借金もギャンブル癖も犯罪歴も無しで真面目。ホームページ見たけどむちゃくちゃ男前。もう俄然応援しちゃうでしょ、これは！」

「………恋人がいる」

「そんなのわかんないじゃーん。商店街の噂だけで実弥央が見たわけじゃないんでしょ？　姉妹かもしれないじゃん、ただのお友達かもしれないじゃん。じゃん、じゃんじゃん、じゃんっ！」

「なにせ実弥央をデートに誘ったわけだしな」

それがこの飲み会が開催された理由だった。

実弥央自身も未だに信じられない。なんと明日、実弥央は龍崎と出掛けることになっていた。

「だからっ、デートじゃないって言ってるだろ」

あっちは実弥央がゲイだと知らない。デートだと騒ぎ立てているのは鶴来と犬飼だけだ。きっと龍崎は、お隣さん――良くても友達と出掛けるくらいにしか思っていない。今回、映画に誘ってくれたのも彼にしてみれば単なるお礼だ。

「でも嫌いな相手と出掛けようなんて思わないよ。お礼ならその招待券二枚とも渡して終わりにも出来るのに、わざわざ一緒にって誘ったってことは、少なからず実弥央に好意持ってるってことでしょ？」

犬飼の言葉には説得力があった。

「そうかもしんないけど……」

思いもよらない誘いを受けたのは先週の日曜日のことだった。

土曜日を寝て潰した実弥央は、くあっと生あくびをひとつ漏らし、ベッドからのそのそと下りた。冷蔵庫の中にはろくな食べ物がない。ストックしていたカップラーメンも昨日最後のひとつを食べてしまった。

外に出るのは億劫だけど食べ物が何もないのでは仕方がない。寝ぐせを直すのもそこそこに、寝間着から適当に掴んだシャツに着替えてコンビニエンスストアに出掛ける準備をする。スマートフォンを尻のポケットに突っ込んで、財布持ったよな、とまだ寝ぼけた頭で左手に持った長財布を確認しながら玄関ドアを開ける。

びちゃ、と踏み出した一歩が水に浸かった。

「……は？」

通路に小川ができていた。ちらりと空を見る。部屋の窓越しに見た時と変わらず、雲ひとつない青空が広がっていた。

再び足元を見下ろし、小川の上流――右側に視線を転じる。

げ、と漏らした驚きは声になっていたのかいなかったのか。実弥央の靴を濡らした水は龍崎の玄関ドアの下からジャバジャバと溢れているものだった。

「おい、水！　水が外まで溢れてるぞ！　おいっ！」

財布を玄関に放り投げ、扉を叩いてインターホンを連打する。てっきり風呂を溜めながら龍崎がうたた寝でもしてしまったのかと思ったのだ。一階だから階下に影響はないけれど、あんまり酷いと隣部屋――つまり実弥央の部屋だ――にまわる可能性だってある。

「さっさと起きろってば！」

「起きてるが」

「うわっ」

蹴飛ばしたドアが唐突に開かれる。ざぶんっ、とドアにせき止められていた水が小さく波打って実弥央の靴を濡らす。目の前に現れた龍崎は、頭の先からつま先まで、シャツもズボンも何もかもびしょ濡れになっていた。そしてなぜか右手に蛇口(じゃぐち)を握っている。洗面所の蛇口だ。自分の家と同じ物だから間違いない。

「お前！　これ、なんだよ！」

「蛇口が壊れてしまった」

言っている間にも浴室の方から水が溢れ続けている。すぐになんとかする、と背を向ける龍崎に、「なるほど、そういうことか、頑張れよ」と終われるはずもない。

「手伝う」と上がり込み、噴水みたいに水を溢れさせている蛇口をタオルで塞いだ。あっという間にぐしょ濡れになったタオルの向こうから、どうにか噴き出そうとする水圧を感じる。かなり力を込めていないと負けてしまいそうだった。

「なんとかするって、どうすんだよ！」

「もう少し押さえててくれ、元栓を閉める」

おもむろに足首を掴まれて実弥央は悲鳴を上げた。

「な、なに……っ」

「届かない、横にズレてくれ」

「それなら口で言えよ、馬鹿！」

床に這いつくばった龍崎がドライバーを片手に排水管の止水栓と格闘する。

やがて手のひらに感じていた水圧が弱まり、水が止まった。

「……止まったか」

「止まったな」

ドライバー片手に壁に凭(もた)れた龍崎が大きなため息をつく。実弥央も反対の壁に背中をつけて、盛大なため息を零した。

この先はプロの仕事だ。すぐさま大家と修理業者に電話を入れ、彼らが来るまでの間に水浸しの床を片づけることになった。タオルで築かれていた堤防のおかげで、室内にはほとんど被害がなかった。その代わり玄関は大惨事だ。スニーカーは乾かせば履けるだろうが、革靴は駄目だろう。案の定、「買ったばかりだったんだが……」と零して龍崎はゴミ箱に捨てた。

「にしても、何したら蛇口が取れるんだよ」

水をたっぷりと含ませたタオルを絞りながら、黙々とフローリングを拭いている龍崎に訊く。

「………少し考え事をしていた」

寡黙な男がいつもより長い沈黙の末、不服そうに口を開く。

「で？」

「それだけだ。考えながら蛇口を捻ったら、バキッと取れた」

「取れたって……取れないだろ、普通」

「そうか？」

呆れる実弥央に長い睫毛をしばたいた龍崎が小首を傾げた。学校ではよくあったと言う。体育会系の筋力は実弥央の常識からかなり逸脱しているようだ。そう思って観察すると、タオルを絞る力も実弥央よりずっと強そうだ。

無意識に視線が血管を浮かせた手の甲から腕へと上がっていく。日焼けした二の腕は太く、肩も逞しい。ざんばらに落ちた前髪を掻き上げると濡れた額が露わになり、腕を伝った水が肘から垂れた。

ふいに足首を掴まれた時の手の熱さが蘇る。節くれだった指の感触がまだ肌に残っている。踵を擦りつけて誤魔化そうとしても上手くいかなかった。それどころか蟠っていた熱を広げた気がする。

「業者、もうすぐ来るだろ。今度は馬鹿力でも壊れない蛇口にしてもらえよ」

急に自分の服装が気になってしまった。ちょっとコンビニエンスストアに行くだけのつもりだったから、皺がついてるチノパンに色落ちが目立ち始めたキャラクタープリントのTシャツ。寝ぐせは水に濡れて分からなくなってるだろうけど、もうこの格好だけでダサい。生白い肌のせいで引きこもりのオタクみたいだ。

使っていたタオルを突っ返して実弥央は部屋に逃げ帰った。引き止める声がしたけど当然無視した。

勢い任せにドアを引く。鍵をかけそびれていたからそれだけで開くはずだったのに――、びくともしない。

なんだ？ と顰めた眉尻に雫が落ちてきた。ドアに映る頭ひとつ大きな影。背中全部に足首に残るのと同じ熱を感じる。「木谷さん」と低い声が耳を掠めた。背後から伸びた手がドアを押さえつけて開けるのを阻んでいた。

「木谷さん」

もう一度呼ばれて諦めて振り返る。

「……なに」

「よかったら一緒に行かないか」

そう言って差し出されたのは映画の招待券だった。

「手伝ってもらった礼と迷惑をかけた詫びになれば、と」

行きたい。

それは実弥央も気になっていた洋画だ。でもそんなことはどうでもよかった。それが欠片も興味のない恋愛物でも、眠気しか覚えないドキュメンタリーでも、まわりはちびっ子しかいないようなアニメでも構わなかった。龍崎と映画を観られる。それが実弥央には一番重要だった。

「近くでやってるんなら……」

観てもいい、と興味を示す。

「調べてみる」

本当は調べるまでもない。最寄りのシネコンでやっているのを実弥央は先日確認済みだ。

「隣町の映画館で上映されているみたいだ」

「じゃあ、行ってもいいかな」

「そうか、よかった」

龍崎が目元を和ませて嬉しそうな笑みを浮かべる。声の抑揚（よくよう）よりもずっと感情が分かりやすい目だ。後ろで組んだ手を強く握って実弥央も喜びを噛み締めた。

「時間は？　この後、やってんのか？」

「今日は……終わっているみたいだ」

「そっか」

それなら来週でももちろん構わなかった。期待し過ぎだと分かっていても頭の中でその日の予定を次々に浮かべていく。ごはんを食べて映画を観て、その後は感想を語りがてらお茶をすればいい。いや、隣同士なんだから、どっちかの部屋で飲もうなんて話になるかもしれない。そうしたらただのお隣さんから部屋を行き来する友人になれるのではないだろうか。

自分のとっつきにくさを棚に上げて、都合のいい妄想を膨らませる。でも物事はそんなに都合よくは運ばないのだ。

「明日の十一時からはどうだ？」

「明日って……月曜？」

「あ……っ」

問い返した実弥央に龍崎はバツが悪そうに口元を擦った。

「木谷さんは仕事か……」

警察官はローテーション勤務だ。平日休みも頻繁にあるだろうが、会社勤めの実弥央は仕事がある。龍崎はそれをすっかり失念していたらしい。

「お巡りさんは曜日感覚とか薄そうだもんな」

それは本気で他意なく言った言葉だった。昼夜も休みも関係なく、市民の安全のために働いてくれている。そういう感謝から言ったつもりだったのに、「すまない」と落ち込んだ声で謝られて、とんでもなく嫌味に聞こえる言い回しだったと気づく。

「いいよ。……他の日は？」

上手く取り繕う言葉が思い浮かばなくて、無理矢理話題を戻した。でも間が悪い時というのはどこまでも間が悪い。誘われた映画の上映は次の木曜日で終了することが決まっていた。しかも月曜日からは昼の回しかやっていない。

電車を乗り継いでいく大きいシネコンならまだやっているようだったけれど、近場なら行くと言ってしまった手前、ならそっちに行こうと実弥央からは言い出せなかった。龍崎も遠出してまで観に行こうとは誘ってこない。

「ちゃんと調べずに誘ってしまって悪かった」

「いや、気にすんなよ。別にすごく観たかったわけじゃないし……」

だから他の映画を観ないか？　と頭の中ではちゃんと続く文章があるのに、どうしても喉からは出てこなかった。

言えよ！　と自分を鼓舞（こぶ）しても、薄く唇を開くところで止まってしまって結局何も言えずにまた閉じる。気まずい沈黙がのどかな春風に乗って広がっていく。

通りかかった女性が訝しげな視線を二人に投げかけていった。当然だ。全身びしょ濡れの男二人が黙って玄関先でつっ立ってたら、おかしいと思うに決まってる。

「引きとめて悪かった」

龍崎が目を伏せる。酷く傷ついた色が瞳に浮かんだように見えた。

「待てよ」

爪が皮膚に食い込むくらい握った拳に力を込めて声を絞り出した。立ち止まった龍崎が律儀に身体ごと向き直る。

こんなチャンスはきっと二度とない。

その思いが、いつもは失敗する度に諦めてしまう実弥央を奮い立たせてくれた。

「お前、次はいつ休みなの」

「え？」

「だから、映画行ける日。明日以外で」

「俺は木曜日なら……事件が起きなければ」

「じゃあ、木曜に有休取るよ」

「……いいのか」

瞠目した龍崎から顔を背ける。なんかすごく嬉しそうに目を輝かせたように見えた。そうだったら嬉しい。耳がじんわりと熱くなる。前髪の水滴を払うフリで目元を隠す。髪が伸びていて良かった。こうすれば龍崎には見られずにすむ。

「別に映画のためじゃないからな。有休消化しろって会社でせっつかれてるから、そのついでなだけだから」

「なるほど。役に立つなら良かった」

苦しい言い訳にも龍崎は生真面目に頷いた。そうして「楽しみにしている」とはにかむように笑った。

「うん」

それだけ答えるのがやっとだった。放っておくとニヤけそうで頬の内側を噛んで堪える。

連絡先を交換する時も、実弥央はスマートフォンの画面ばかり見ていた。今度こそ部屋に戻るとすぐに端末が震えて、メッセージが届いたポップアップが出る。「よろしく」の一言に「こちらこそ」と返すまで、実弥央はたっぷり十分は時間をかけた。

翌日、出社するなり実弥央は木曜日の有休申請を出した。会社では他人のフリをすることになっているのに、どんな情報網を持っているのか実弥央が有休を取ったと知った鶴来は恐るべき勘(かん)を発揮(はっき)し、龍崎と映画を観に行くことになったと昼休みには白状させられていた。

「実弥央のツンに次ぐツンを乗り越えられるところは見どころ二重丸だよね」

「……鈍(にぶ)いだけだろ」

「なるほど、そこも実弥央にとっては高ポイントだったわけだな」

「……っ」

「あ、赤くなっちゃって実弥央ってば可愛いー。それを本人の前で見せちゃえるようになればいいんだけどねー。あ、いて！」

投げつけたおしぼりがは見事に犬飼の顔面にヒットした。

「んもー、実弥央君ってば図星指されたからって暴力はんたーい」

「で、連絡先交換したんだろ？　見せてみろ」

「あっ！」

鶴来がテーブルに出していた実弥央のスマートフォンを奪っていく。

「プライバシー侵害だぞ！」

「人に見られたくないならちゃんとロックかけておいた方がいいよ、実弥央」

そう言いながら犬飼も「あった？」と鶴来に身体を寄せてスマートフォンを覗き込む。

通信アプリを開いたらしい鶴来は眉間に皺を寄せ、犬飼ははあぁと深いため息を吐くと
これ見よがしに首を横に振った。

「実弥央……」

「だめだめじゃーん」

「うるさいな、もういいだろう返せ」

鶴来の手から端末を奪い返そうとしたのに、実弥央より先に犬飼が攫っていった。

「和良！」

「実弥央。なに、これ」

これ、と犬飼が指差しているのは実弥央の返信部分。龍崎からの待ち合わせの提案に「じゃあ、それで」とだけ返したやつだ。

「愛嬌も愛想もぜんっぜんじゃん。ゼロだよ、ゼロ！」

「それでもがんばった方だろ！」

駄目だしされなくても素っ気ない自覚が実弥央にもあった。

「実弥央のことだからどうせあれでしょ、浮かれてると思われるかもって自分からメッセージ送れないで、いつ来るかなってドキドキしながら待ってたのに、いざ連絡が来たら待ってたって思われるのも嫌でわざと三時間くらい放置して。最初は長めの文章とスタンプなんかも送っちゃおうと思ったけど、あとは送信ボタン押すだけってところで怖じ気づいてこれだけ書いて送ったんでしょ」

ズケズケと言われた内容は、まさに先日実弥央が繰り広げた行動そのものだ。

素直じゃないからなぁと鶴来からもしみじみと言われて実弥央は俯いた。

（俺だってなれるんならもっと素直になりたい）

でも今さら意地っ張りな性格は直せそうにない。もうちょっとだけでも素直になれたら、どれだけいいか。付き合いたいだなんて高望みはしない。友人でいい。こんなふうに一緒にお酒を飲んで他愛もないお喋りをして、そうしたら二人みたいにちょっとは可愛いと思ってくれるかもしれないし、少しは素直になれる気がする。

きついことを言っても誠実に返される度に、不甲斐なさを感じた。初めてまともに言葉を交わした日みたいに、また笑ってほしい。でも実弥央がしているのは正反対の表情をさせる言動ばかりだ。

　情けなさになんだか泣きたくなってきて鼻の奥がつんとした。

「ごめん、言い過ぎたね」

　向かいから伸びてきた手がくしゃくしゃと頭を撫でる。優しい手は犬飼のものだ。そこに大きな鶴来の手も加わる。

　猫毛ですぐぼさぼさになるからやめろっていつも言ってるのに、遠慮なく人の髪を掻き混ぜてくる。

「よぉし！」

　湿っぽくなった空気を追い払うように、腕まくりをした犬飼が実弥央のスマートフォンをタップする。

「おい、和良？　お前なにして……」

「実弥央を泣かしちゃったお詫びに一肌(ひとはだ)脱いであげる」

「一肌って……お前まさか…っ」

　画面を滑る犬飼の指の動きは明らかに文字を打ち込んでいる時のそれだ。

「ばかっやめろ返せ！」

俺もだ

「えっへへー、送っちゃった」

奪い返したスマートフォンの画面には通信アプリの龍崎とのトークルームが表示されており、「明日、楽しみにしてる」の一文と、いつの間にダウンロードしたのかずいぶんと可愛い猫のスタンプが貼りつけられていた。慌てて消そうとしたけれど、その前に既読マークがつく。今この瞬間、龍崎が実弥央と繋がる画面を見ている。そう思ったら鼓動が早くなった。

龍崎からすぐさまスタンプが返ってくる。犬のおまわりさんが笑顔で駆けているイラストだ。その後ろに「俺もだ」の言葉も添えられる。顔が一気に熱くなった。

「あ、返事あった?」

「………あった」

端末が震えてさらにメッセージが続く。

《最近、空き巣被害が増えています。戸締りには気をつけてください》

その後にさっきと同じ犬のおまわりさんが敬礼しているスタンプが続く。

見して、と端末を奪われるのを抵抗せず許した。

「良かったじゃん。ついでに俺のおすすめスタンプもいくつかプレゼントしてあげちゃいましょー。手打ちだと恥ずかしくても、スタンプなら送りやすいっしょ?」

実弥央の手元に戻ってきたスマートフォンには犬飼からいくつかのスタンプがプレゼン

トされていた。

しかしどれも男が使うにはやや可愛過ぎる気がする。

「和良、これはねーだろ……」

「なんか言われたら、友人がプレゼントしてくれたから使わないわけにもいかなくって、って言えばいいよ。それなら平気でしょ？」

ダウンロードせずに固まっていると、悩むと見越していたのだろう、犬飼はそう言って実弥央の背中を押してくれた。

「………まあ、それなら」

言い訳があれば使える、……気がする。

さっそくダウンロードした子猫が魚を咥えてお礼を言っているスタンプを犬飼に送りつけると、犬飼からはしっぽでハートを作っている猫のスタンプが送られてきた。

「お巡りさんにもスタンプ送ってやりなよ。このＯＫのやつとかけっこうなんにでも使えるから」

犬飼からよく送られてくる猫のスタンプだった。子猫のよりは落ち着いているし、きっと平気だろう。勢いをつけて画面を叩き、スタンプを送る。既読のマークはやはりすぐについた。どう思われたのか考えるのが怖くて、そそくさとアプリを閉じる。少し待ってみるけれど端末は振動しない。安堵するような寂しいような気持ちを振り切って、ついでだからと画面ロックの仕方も教えてもらった。

　どれだけ仲がいい相手でもやっぱり中身を見られるのは恥ずかしい。

　それからはいつもどおりの他愛ない話で締めのデザートまで食べて、あまり遅くなったら明日に響くからと九時前には店を出た。

　店内にいる時は感じなかったけれど、水の底にでもいるみたいに空気が湿っぽい。雨が降ってきそうな気配だ。

「実弥央、傘持ってる？」

「いや、持ってない」

「なんか大雨が降るかもって情報が出てるよ」

　これ貸してあげる、と犬飼は鞄から折り畳み傘を出した。

「いいよ」

　地元に着いて雨が降っていたならコンビニエンスストアで買えばいい。

「だーめ、明日デートでしょ。雨に濡れたせいで風邪ひいてドタキャンになったら立ち直れないよ？」

「でも、お前はどうすんだよ」

「和良は今日、俺んちに泊まるから」

　ごく自然に鶴来は犬飼の腰を抱き寄せた。犬飼もぎゅっと身体を寄せる。

「雨が降ったら健人の傘に入れてもらうから大丈夫」

「……じゃあ借りる。さんきゅ」

「どういたしまして」

ありがたく傘を借り、路線の違う二人とは駅の改札で別れた。二十分ほど電車に揺られ地元駅で降りると、ゴロゴロと空が不機嫌な声を出し始めていた。見上げれば地上の光で不気味な色に染まった雲が低く立ちこめている。いつ降り出してもおかしくない。

実弥央は帰路を急いだ。通り過ぎざま駅前の交番を盗み見たが、年嵩の警察官がいるだけで龍崎の姿はなかった。

まだ十時前だというのにシャッターの下りた商店街は人気が無くて妙に静まり返り、ひと雨降りそうな空の唸り声が心細さに拍車をかけた。湿気を含んだ風がぬるく肌に絡みついてくる。

幽霊に頬を撫でられたらこんな感じなのだろうか。

怪談は得意じゃないのに、オカルトじみたことを考えてしまってぞわっと背中で鳥肌が立つ。急ごう。

交差路を曲がって、もうすぐアパートというところまで来て、実弥央の進路に工事中の立て看板が立ちはだかった。

交通整理に立っている警備員が誘導灯を振りながら、ガス管の工事で今夜は通行止めだと迂回（うかい）を促す。実弥央は仕方なく角をまっすぐ進んだ。大回りになるが、この一角をぐるりと回ればアパートに続く道と合流する。

そういえばあんまりアパートの周辺を散策したことがなかったな、と歩きながら思う。

足早に戸建ての家と塀が続く道を歩いていると「みゃお」と上から猫の声が降ってきた。

「……ロン？」

漆黒の塊が目線よりも高い塀の上で丸まっていた。青が混じったエメラルドグリーンの瞳。夜よりも深い黒色の猫はロンだった。

どうやらここいらもロンの縄張りらしい。猫であっても知った相手と出会えて、いくぶん気味の悪さが和らぐ。

「外で会うのは初めてじゃないか？」

声をかけるとロンはするりと立ち上がり、ぴんと尻尾を立てた。細い塀の上を危なげなく進み、振り返ってまた「みゃお」と鳴く。しっぽの先が街灯の光を弾きながらゆらゆらと揺れる。まるでついて来いと言っているようだった。

「なんだ、雨宿りさせろって？」

じっとこちらを見つめるロンは実弥央が歩き出して横に並ぶと満足そうに先へと進む。

この天気だ。宿を見つけたとでも思っているのだろう。てっきりこのままアパートまで行くのだと思っていたら、ふいに塀の終わりで飛び降りた。すたすたと敷地の中へと向かうロンを目で追うと、薄闇にぼうっと赤い影が見えた。こじんまりとした鳥居だ。ロンは堂々と真ん中を通って境内に入っていく。途中でやはり一度実弥央を振り返り、「みゃお」と誘うように鳴くのを忘れない。

「ここは……ねこじんじゃ？」

こんな所が近所にあるだなんて知らなかった。鳥居の横にあった説明書きを読む。

ふいに視界の隅で枝が揺れた。はらはらと桜が散る。目を凝らすと花の奥に光るふたつの眼があった。猫だ。猫の体重でしなった枝がまた花びらを散らす。実弥央がじっと見ているのに気づくと、猫はにしゃりと笑うみたいに口を開けて「みゃ」と短い鳴き声を上げた。ようこそ、と言われたような気がした。

鳥居から続く石畳の先には五段ばかりの階段があり、その奥にぼんやりと社が見える。

雨はもうすぐにでも降り出しそうだ。寄り道をしている場合ではない。それこそ雨に打たれて風邪を引いたら馬鹿過ぎる。頭ではわかっている、でも妙に惹かれるものがある。逡巡は短かった。実弥央は抗いがたい誘惑に負けて鳥居をくぐった。

境内は鬱蒼とした木々に取り囲まれていて住宅街の真ん中とは思えない雰囲気だった。ひとつ深呼吸をすると霊感がなくても、なんとなく身体の内側から清涼な空気に清められていくような気がする。喉を塞ぐようだった呼吸が楽になる。

こんな所があったんだなぁと実弥央は閉じていた目蓋を持ち上げた。

これも何かの縁だ。明日の外出で失敗しないよう祈願していこうと思い立つ。手招いている猫の手から水が湧き出ている手水を使い、しっぽの先が折れた白猫がお構いなしに寝ている賽銭箱に五円玉を入れる。鈴緒は時刻を慮って控えめに揺らした。

慣れているのかガラガラと頭上で音が鳴っても白猫は起きない。

両手を合わせて、龍崎との仲に良い進展がありますようにと頼み込む。

お参りの最後に「雨に降られんなよ」と白猫の背中をひと撫でした。ピンク色の肉球に触りたい欲求はぐっと堪えて境内を後にする。

鳥居の真下にはちょこんと座って待つロンがいた。

「みゃう」

まるで猫神社はどうでしたか？　と問うように小首を傾げて鳴く。

「なんかご利益ありそうな感じがしたよ、教えてくれてありがとな」

ロンはまた軽やかな足取りで実弥央の先を行く。今度こそ家に来るつもりだろう。T字路の手前でふんわりとしっぽを揺らして振り返る。

「みゃお」

「まだ降り出してないんだから、そんな急かすなって」

黒猫の先導で見慣れない夜の町を歩くのは、なんとなくオカルトな世界に迷い込んだような錯覚を呼び起こした。

これがホラー映画の世界なら、あの角から見たこともないおどろおどろしい怪物が現れるのだ。

いっその方が良かったのかもしれない。

ギャギャッ、と嫌なタイヤの軋む音が聞こえたと思ったら、乱暴な運転の車が曲がって来た。歩道もない狭い道で無茶なスピードを出している。しかも無灯火だ。闇に紛れた黒猫の存在なんて、ハンドルを握る男には見えていない。

「ッ、ロン……！」

実弥央は車の前に飛び出していた。自分が轢かれるかもしれないだなんて考えている余裕はなかった。

ファーン！　と尾を引くクラクションが鳴らされる。ロンを掴んで放り投げる。猫なんだからうまく着地するはずだ。排気ガス臭い風が横顔に当たる。バンパーについた細かな傷までありありと見えた。遠くでブレーキの耳障りな音がしているのを聞きながら、実弥央は撥ねられる衝撃を覚悟して目をつぶった。

カツン、とメガネが地面に当たる軽い音がした。

車が少し先で停まり、「う、嘘だろ……なんで」と怯えきった呟きが聞こえたと思ったら、バタンッと勢いよくドアを閉める音がして猛スピードで走り去っていった。

なんて奴だ、ひき逃げだ。

声は出なかった。でもなぜか身体のどこにも痛みを感じなかった。

撥ねられた衝撃もなかったように思う。もしかしたらその一瞬の記憶がショックで飛んでしまったのだろうか。それとも痛くないのは、そんなことも感じないくらい死にかけているから、とか？

「…………？」

スプラッタは好きじゃないのに、と他人事みたいに思いつつ、そろりと目を開けてみる。

目蓋はなんの支障もなく持ち上がった。辺りに広がる血はなく、鉄くさい匂いもしない。その代わり尋常（じんじょう）でなくガソリン臭い。そしてなぜかでかい布が周りに広がっていた。なんだこれと蹲（うずくま）っていた体勢から起き上がり、手を伸ばしてみると視界にクリームパンみたいな猫の手がにゅっと入ってきた。

え、と思って伸ばしかけた手を止めたら猫の手も止まる。やけに視界が低いなと思ったのと、布だと思ったまわりのそれが自分の着ていたスーツだと気づいたのは同時だった。

ぴくぴくっと耳が動いて、感覚の奇妙さに驚けば尻の付け根がふるんと揺れた。そう、『揺れた』。人間にあるはずのない、すらりと長いしっぽが。

恐る恐る首を巡らせて、一軒家の駐車場に停められている車に顔を向ける。くりんと大きなキャッツアイ、ピンと尖った二つの耳、するんと長いしっぽ、ふわふわの柔らかそうな毛並み。ピカピカに磨かれたバンパーには、どこからどう見ても猫にしか見えない自分の姿が映っていた。

＊＊＊

猫になりたい、と思っていた時期がある。

サンタクロースは疑い出していて、でも世界には説明のつかない不思議な力があるに違いないとまだ信じていた頃だ。

猫は愛想がなくたって高飛車だって我が儘だってそれが可愛いってちやほやされる。きつい言葉を言ってしまってから後悔する度に「猫だったらよかったのに」と考えた。

だからきっとこれは夢だ。

だってありえない。

猫を助けて車に轢かれそうになったら猫になってしまいました、なんて。そんなチープな展開。最近の子供向けアニメでだって見かけない。

そんな自覚はなかったけれど、飲み過ぎて道端で寝てしまったんだ。それで猫になっている夢を見てるんだ。バンパーに映った猫の姿の自分がくふぅーんと長いため息をつく。首を緩く打ち振っているのは自嘲の仕草だ。これが明晰夢というやつだろうか。

誰かに見つかって起こされる前に、そして雨に降られてしまう前にさっさと起きて家に帰らなければ。

実弥央は塀まで歩み寄ると、せぇ…のっ、と勢いをつけて額を打ちつけた。

とても。とても痛かった。そして姿は変わらず猫だった。

マジかよ……。

日本語で呟いたつもりの言葉は喉から出ると「にゃぉん……」と完璧に猫の鳴き声だった。人間とは不思議なもので、あまりにも荒唐無稽な出来事に遭遇すると思考を放棄するようだ。

木谷実弥央は、どうやら車に轢かれかけた猫を助けたら猫になってしまったらしい。

ありえない事実をストンと受け入れる。

実弥央は車のボンネットに飛び乗ってフロントガラスに全身を映してみた。全身は薄いベージュがかった白だけど、耳としっぽ、それに手足と顔は黒い毛並みで、いわゆるシャム猫の柄だ。服に隠れていない場所だけ黒いのがなんとなく日焼けみたいだ。成猫にしては小柄だけど、眼はスカイブルーでなかなか可愛いんじゃないだろうか。首筋がなんだかじくじくするなと思ったらそこの部分の毛皮が血で濡れていた。車に撥ねられた時——撥ねられてないけど——怪我をしたんだろう。血は止まっているようで大した怪我ではなさそうだ。

今現在、実弥央がもっとも気にしているのは、猫とはいえ自分がパンツも履かずに素っ裸でいることだった。毛深くなろうがそれが猫のあるべき姿だろうが心は人間、露出の趣味はない、すっぽんぽんは恥ずかしい。もし仮に道路のど真ん中で人間に戻ったら……完璧に変質者だ。

警察を呼ばれて龍崎に逮捕されるところまで想像し、急いで首を振って打ち消した。

とにかく人目につくわけにはいかなかった。

誰かに裸を見られるのが嫌で、実弥央はタイヤの陰に隠れた。

道路の真ん中には自分の服が殺人現場の人型みたいに綺麗な形で落ちていた。まるで着ていた人間が煙のように立ち消えて、服だけが残ったみたいに見える。

どうしたものかと眺めていると、歩きスマホのサラリーマンが通りかかった。その男は落ちている服と鞄に気づくと「うぉっ？」と変な声を出して驚いた。「なんだ、これ……子供のいたずらか？」と言いながら遠巻きに避けてまたスマートフォンに意識を戻した男の反応は、たぶん人として正しいのだと思う。

次に通りかかったパンツスーツの女性の反応も似たものだった。

三人目に通りかかったのは中年太りのよれよれのスーツを着た男だった。一応ネクタイをしてはいるが、あまり会社員という感じはしない。リストラされて就職先を探している、と言われた方がしっくりくる。落ちている不可解(ふかかい)なスーツと靴に気づくと、足を止めてジロジロと凝視している。

実弥央は勇気を出して声をかけてみた。「あの、……」と言ったつもりだったけれど、残念ながら「みゃ…」と猫の鳴き声だったたし、顔を覗かせた実弥央――もとい猫に気づくと大仰(おおぎょう)に驚いて「なんだ、猫かよ！」とそそくさと行ってしまった。

往生際悪く、頭を打ったせいで自分の脳が異常を起こし人間の姿かたちなのに猫に見えるようになってしまった可能性も考えていたのだが、他の人からも猫に見えているらしい。

次に通りかかったのは女子高生の三人組だった。

「えー、なにこれ！」

「うっそ、マジホラーなんだけど。ドッキリ？　隠しカメラどっかにある？　え、本気のヤバいやつ？」

「すっごい芸細かい、腕時計までした状態で落ちてるよ。これって警察に届けた方がいいの？」

かしましく服を検分していた三人が「あのイケメンおまわりさんに渡そうよ！」と騒ぎ出したけれど、スラックスの下にパンツまで、きっちり脱いだ状態で落ちていると知ると

「きもちわるいっ！」と、放り出して行ってしまった。

『吾輩は猫である。パンツはまだない』

呟いてから、実弥央は自分で思っているよりも混乱しているらしいと自覚した。

ぽつ、と雨が落ちてきた。ぽつ、ぽつ、と地面を雨粒が叩く。車の下から実弥央は空を見上げた。たかが一五〇センチ程度の違いだろうに、空は気が遠くなるほど遠かった。空だけではない、何もかもが大きくて遠かった。代わりに冷たいアスファルトの地面が近かった。

メガネもないのに世界がはっきりと見えて、夜なのに昼間のように明るく見通せた。人や獣や排気ガスや木や花やよくわからない酸っぱい臭いがしていて、静かだと思っていた住宅地はカラスの鳴き声や虫の羽音、犬の遠吠えが聴覚を絶え間なく刺激した。

五年も住んでいた町は、いまや恐ろしい異世界に成り代わっていた。早足で歩く人の前をうっかり横切れば蹴られてしまいそうだったし、車のタイヤは常に顔の高さを掠めていく。

なんだこれ、と奇異の目で見られた実弥央の服は摘まれたり、つま先でつつかれたり、車に轢かれたりして、すっかり汚れて道端に追いやられていた。鞄を盗んでいく悪人がいない代わりに、交番に届けようとする善人もいなかった。みんな、雨に降られるのを嫌がってそそくさと通り過ぎていく。暖かくて明るくて雨露をしのげる安全な家に帰るために。

家に帰らねばと強烈な思いに掻きたてられたのは、帰巣本能だったのかもしれない。暖かい布団がたまらなく恋しかった。

ぽつりぽつりと落ちていた雫は町を煙らせる雨になっている。雷が雲を渡っている低い音もずっと続いていた。一発落ちればあっという間にどしゃ降りに変わるだろう。

実弥央は後ろ足に力を込めると、耳をそばだてて鼻をひくつかせた。人間だった時よりも遠くの物音が聞こえ、雑多な町のにおいがひとつひとつ確かな輪郭を持っている。脅威になりそうな気配はなかった。人の足音もしない。

身を低く保ったまま実弥央は雨の中を駆けだした。

俊敏さは当然ながら猫のそれだった。身体は軽く地面を四肢で蹴れば飛ぶように景色が流れていく。角をふたつ折れると、そこには見慣れたアパートがあった。そのことにいくばくかの安堵を覚え、自分の家の前まで辿り着いてから、すっぽりと抜け落ちていた問題に気がついた。

鞄がない。当然、鍵もない。そうなるとドアを開けられない。つまり家に入れない。

ふんわりしていた毛は身体に張りついてボリュームを失っていた。忘れていた首の傷がまたじくじく痛んだ。ぶるぶると下手くそな胴震いで毛皮が吸った水気をわずかばかり飛ばし、自分の不注意に一縷の望みを託してベランダの窓を覗いてみたけれど、ちゃんと鍵がかけられていた。

　世界が真っ白な光で塗り潰されたと思った次の瞬間、地響きを伴う轟音がビリビリと四肢を震わせた。焦げ臭いにおいが雨のにおいに混じる。どこか近くに雷が落ちた。雨は豪雨に変わっていた。

　勝手に耳が伏せってしっぽが股の間に丸まる。怖いと思う前に全身が怖がっていた。吹きっ晒しのベランダにはいたくなくて玄関に戻る。横殴りの風で雨が入り込むけれど、階段の下に身を隠せばだいぶマシになった。

　か細く吐き出した息が白い。春に向かっていくこの時期は寒さと暖かさが主導権を奪い合うように交互にやってくる。寒い日の夜の気温が一桁まで下がってしまうのも珍しいことではない。

　寒い、と呟いた声が「みぅ…」と弱った鳴き声になる。

　突風に身体が吹き飛ばされそうになって、コンクリートに爪を立てた。手と足の裏が冷たい。濡れた毛皮が体温をどんどん奪っていく。

　どうしてこんな所でうずくまってるんだろう。

　寒さに震えながら頭だけはふわふわと浮ついているみたいで、上手く物事を考えられなかった。

　家に入れないからここにいることまでは思い出せても、どうして家に入れないのか。その理由が思い出せない。

みぅみぅと鳴いている猫の声があまりにもか弱くてこっちまで心細くなってくる。家に入れたら、あの鳴いている子猫を見つけ出して「おいで」と入れてやるのに。

（ああ、でも俺は……俺も……――）

朦朧（もうろう）とした意識は、温もりに包まれた安堵を最後に、ふつりと途切れた。

＊＊＊

気がつくと実弥央はふかふかの毛布に包まれていた。暖かい風が耳と耳の間の毛を撫でている。

暖房をつけっぱなしにして寝てしまったらしい。電気代……と思いながら手を伸ばしてぱふぱふとシーツの上を探る。目的はエアコンのリモコンではなくてメガネだ。乱視がひどい実弥央はメガネがないと何も見えない。

（あれ、ないな……？）

シーツを叩く感触がやけに軽いのも気になるけれど、いつもは枕の右に置いているメガネに指先が当たる様子がない。どんなに酔っていても寝ぼけていても、顔にかけていないなら必ずそこに置いているはずだ。まだ起き出すのは嫌で、目を頑なにつぶったまま探し続ける。

「よかった、気がついたか」

そうしたら頭上から深く染みいるような声が降ってきた。聞き覚えのある声だった。

実弥央はバチッと音がしそうな勢いで目を開けた。最初に見えたのは自分の頭まですっぽり包むくしゃくしゃの毛布で、その次にくわっとめいいっぱい指を広げた猫の手、そして自分を覗き込む青味がかった黒い瞳だった。

そのすべてが輪郭のブレもボケもなく鮮明だった。メガネが無いのに！

（いや、そうじゃない！）

『な、な、なななななんで龍崎さんが俺の部屋に！』

みゃみゃみゃあ！　と元気のいい鳴き声が実弥央の喉から発せられた。

龍崎があわてて身を起こす。

「すまない、驚かせたか」

少しだけ距離を取った彼に、毛布の上からぽふぽふと優しく撫でられる。実弥央が知っている龍崎の声よりずっと甘かった。まるで小さな子供か小動物にでも話しかけているみたいだ。

(みたいじゃない)

龍崎は猫に話しかけているのだ。

猫。そうだ、猫だ。

(俺は猫になっちゃったんだ)

途切れていた記憶が一気に繋がる。猫になって、雨がひどくなる前にとアパートまで帰ってきたはいいものの、部屋に入れず階段の下でうずくまっていた。気温がどんどん下がって凍え死ぬのを覚悟した時、温かい腕に抱き上げられた。

ひたすら労わりを乗せた声。あれが龍崎だったんだ。

「……頼むから暴れるなよ?」

祈るような響きと共に毛布の上から龍崎がそっと触れる。毛布だと思っていたそれはふかふかのバスタオルだった。真っ白だった布地が実弥央のせいで泥だらけになっている。もしかしたら龍崎の服も汚してしまったのかもしれない。

指が顔のまわりのタオルを開いて潜り込む。

「ああ、ずいぶんと体温が戻ったな」

龍崎が目を細めて笑った。

「にゃ、にゃぅ……」

うひゃっと上げた悲鳴は猫の声でも上ずっていた。とても直視できなくて実弥央はタオルの中に頭を突っ込んだ。その結果「待て、触らないから暴れるな」と慌てて指が抜かれた。

心臓が口から飛び出そうな勢いで脈打っている。喉が変な唸り声を上げ、しっぽが止めようもなくぶんぶんと暴れた。

「危害は加えない、だからおびえないでくれ」

『わ、わかってるけど距離が近いんだよ！』

「本当だ。約束する」

みゃうん！　と鳴いた声はフシャーっと威嚇じみた響きになったせいで、猫語がわからない龍崎には嫌がっていると受け止められたらしい。タオルの隙間から様子を窺うとベッドの脇で正座した龍崎が眉を下げて困り切っていた。

助けてくれたのに、ずいぶんな態度を取っている。そういえば龍崎は猫が好きなのに、猫に嫌われると寂しそうに言っていた。また嫌われたと思っているのかもしれない。

そうじゃない。ただ状況についていけないだけだ。それだけは伝えたくて、実弥央はどうにか興奮を収めると、おずおずと顔を出した。

龍崎の肩が小さく揺れた。でも距離を詰めてくることはしない。

実弥央はじっと龍崎を見つめた。

（あ、髪切ってる）

昨日は切っていなかったから、拾われたのは散髪の帰りだったのかもしれない。

こんなに長い時間、龍崎を正面から見つめたのは初めてだった。

（改めてこいつって整った顔してんな）

額の形がいいし、鼻筋だってすっと通っていてそれが端整な顔立ちを際立たせている。

男らしい太さの眉と、厚すぎず薄すぎない唇、そして真っ黒な中に複雑な青みが宿っている熱量の多い双眸（そうぼう）。

（もしかしてちょっと喜んでる？）

タオルから顔を出した実弥央――もとい猫が大人しく見つめてきているのが嬉しそうだ。表情は変わらないけど、きらきらした瞳が雄弁（ゆうべん）に心情を伝えてくる。

膝の上に置かれていた拳が開いてまた握り直されてもう一度開いて、それを三回繰り返したところで顎を引いた龍崎がゆっくりと手を伸ばしてきた。

たぶん触りたいんだろう。

それくらいはわかる。頭ならちょっとくらいはかまわない。ぴくぴくと耳が迫ってくる温もりを感じて揺れると、龍崎は矛先（ほこさき）を顎に変えた。顎から首の方へ毛並みに沿って指の背で撫でられるのは思いの外、気持ち良かった。まんまるに見開いていた眼がついうっとりと細くなる。

何度か撫でられたところで、牙がむず痒くなって、実弥央はふいっと撫でる手から逃れた。龍崎は残念そうにしながらも追ってはこない。

所在なくそのままになっている男の手を、実弥央は前足の肉球でぽんぽんと撫でる。親愛の情を示すなら舐めてやるのが一番なのだろうが、それはあまりにハードルが高すぎる。

成すがまま踏まれていた龍崎が、くつりと喉を震わせた。緩んだ唇が「ぷにぷにだな」と肉球の柔らかさを褒めて踏みつける足裏を指先で引っ掻く。

『くすぐったい！』

肉球の間に生えた毛をくすぐられると背骨からしっぽにかけてぞわわっと悪寒が走った。慌てて手を引っ込め、タオルの中に隠す。

「くすぐったかったか？」

『わかってんなら、やんなよな』

正座を崩して胡坐をかいた龍崎がベッドについた腕に頭をのせる。顔面のドアップはやっぱり慣れない。さっとタオルに潜り込む。見ていても照れを感じないくらいに、ほんのちょっとだけ顔を出して様子を窺った。

あからさまに脂下がってはいない。でも細められた眼がデレデレだ。

「しかしそのまま、というわけにはいかないな」

しばらく見つめあっていると、短く嘆息した龍崎がおもむろに立ち上がる。

どこに行くのかと視線で追いかける。龍崎はバスルームに向かい、シャワーの音をさせて戻ってきた。袖をまくった姿に妙な色気を感じてどぎまぎしてしまう。

「お前のためだ、少し我慢してくれ」

苦渋の決断だ、と言わんばかりに重苦しく言い渡され、抱き上げられる。抱き方は優しいけれど、暴れて逃げられる前にとでも思っているのか、足取りは荒い。カチ、と鍵をかける音がして、何をしようとしているのか理解できないうちにタオルを剥かれた。

『うわ、わ、わっ』

「あっ」

実弥央はぶわっとしっぽを膨らませて、龍崎の目から隠れるべく隙間に潜り込んだ。

狭い隙間から周囲を見渡し、ようやくそこが脱衣所だと気づく。

「おい、そんな所に隠れると埃がつく」

ぬっと大きな手が伸びて来る。捕まるわけにはいかなかった。実弥央はさらに奥へと逃げ込んだ。後ろ足がごろっとした物を踏む。排水用のホースだ。実弥央が逃げ込んだのは壁と洗濯機の隙間だった。身体が濡れていたものだから、全身が埃を吸って灰色になっている。くちっ、と小さなくしゃみが漏れる。嫌だけれど出ていくわけにはいかない。

龍崎の腕は長かったが、さすがに洗濯機の裏側にまでは届かなかった。何度か空を切った手が諦めて引っこめられる。裏側からひょこっと横に顔を出せば、弱り果てて頭を掻く龍崎がいた。

その背後には半開きになった浴室のドアが見えた。かすかに立ちのぼる湯気と湿った空気に、シャワーの音。龍崎は実弥央のことを洗おうとしている。

『そんな汚れてない！　シャワーなんていらない！』

フッシャー！　と全力で拒否しても龍崎は諦めようとしない。

「汚れて怪我もしてるだろう。ちゃんと洗った方がいい」

だから出て来てくれ。と呼ばれたって気軽に出ていけるものか。

だってこっちは一糸纏わぬ姿。素っ裸。全裸なのだ！

生粋の猫はどうだか知らないけれど、見た目はどうあれ中身は人間。全裸で、どうして堂々と好きな男の前に出ていける。

（しかも洗われるとか！）

頭だけならまだいい。背中もどうにか許す。でも肉球や胸元、それに股の間や尻まわりまで龍崎の手でソープを塗りたくられろと？

無理だ。絶対無理。

「ぬるい温度にしてある。シャワーは外の雨みたいに冷たくないから大丈夫だ」

『そんな心配してるんじゃない！』

どうにかして逃げなければ。

実弥央はじりじりと後ずさり洗濯機の真裏に隠れた。

「あ、待て。どこ行った」

ガタガタと洗濯機が揺れる。龍崎が洗濯機の上から覗き込んできた。

（いまだ！）

ダッと引き戸に飛びつく。前足に渾身の力を込めて横に押す。実弥央の部屋は浴室の引き戸が軽かった。きっと龍崎の所だって同じはずだ。ここを出たらベッドの下に隠れて、あとは諦めるまで絶対に出ない。

引き戸が横にスライドするのを感じた。

（よし、いける！）

ところが数ミリも動かず、ガチンと硬質な音がしただけで開かなかった。

（あっ……）

先程、龍崎が鍵をかけていたのを失念していた。

『ふぎゃっ』

脇の下を掴んでひょいっと持ち上げられる。そうなると手足をばたつかせてもどうにもならなかった。

『触るな！　見るな！　離せ！』

空に向かって猫パンチと猫キックを繰り出す実弥央の後頭部に、ちゅっ、と柔らかな感触が押し当てられた。

『……え？』

何が起きたのかわからずに、片足を振り上げたまま硬直する。

今、ちゅ、って言わなかったか？

そう思っていたら今度はもっとはっきりと頭のてっぺんにちゅ、とキスの音がした。

にゃぅん？　と間抜けな鳴き声が浴室に響く。何が起こったのか理解できないでいるうちに実弥央は浴室の中に連れ込まれていた。

暴れると今度はあっさりと解放された。でもすでに浴室のドアは閉められていて完全に閉じ込められていた。このままだと洗われてしまう！

どうにか逃げられないかと抵抗する実弥央の背後で、今度はバサリ、と乾いた布の音がした。つい気になって振り返る。

『……！』

そこには上半身を晒した龍崎がいた。首から抜いたシャツを浴室の隅に避難させ、次いでベルトのバックルに手をかける。

完全にキャパオーバーだった。まだ湯を浴びてもいないのに逆上せたみたいに頭がクラクラした。人間の姿だったらきっと鼻血を噴いている。

しっぽがぐるんぐるんと興奮に揺れる。

フロントのジッパーが躊躇(ためら)いなく下ろされた。

デニムパンツの衣擦(きぬず)れが生々しく聞こえる。右足、左足を抜いて、……ついに下着も脱いだ！

ぎゃあっとも、ひゃあっともわからない悲鳴を上げて実弥央は壁の方を向いた。

(見てない！　俺は何も見てない！)

下着が黒だったとかボクサーパンツだったとか、サ、サイズがなかなか立派だったとか
そういうのは全部見てない！

「やはり水は怖いのか？」

ぺたりと素足の音がして、つん、と耳をつつかれた。

『なんでお前まで裸になる必要があるんだよ！』

抗議せずにはいられず叫ぶ。

「そんなに怖がるな。大丈夫だ、優しくする。きっと気持ちいい」

『その声で、そんないかがわしい言い方すんな！』

「本当だ。怖かったらしがみついていてもいいし、爪を立てたってかまわない」

小さくなって震える実弥央を龍崎は水を怖がっているとしか思っていない。

「こっちを向いてくれ」

『向けるかーっ！』

悲壮な雄叫びも、みゃぁーんっ、と愛らしい猫の鳴き声になるばかりだ。

『うひゃっ！』

No6
No5

結局、猫と人間の体格差で敵うはずもなく実弥央はひょいっと抱き上げられてしまった。

ひっくり返されて素っ裸の龍崎と向き合う形になる。

どうにもできない好奇心で視線が下がった。制服を着ている時から筋肉質な体格をしているとわかっていた身体はそれでも着やせしていたらしく、ぶ厚い胸板、綺麗に六つに割れた腹筋、イケメンは臍まで形が良くて、濃い下生えと長い足のその間にはもちろん男の象徴たるペニスが……――。

「ん、なんだお前……」

ひょいっと片眉を上げた龍崎がつぶやく。

「小さいからメスかと思っていたんだが……オスだったのか」

丸見えの腹をまじまじと観察した龍崎がデリカシーの欠片もなく、人のふぐりをつつく。

『……――っ！』

実弥央は爪を光らせ、思いっきり龍崎の顔面を引っ掻いた。


床に置かれた洗面器が湯気の充満した浴室でかぽん、と気の抜けた音を立てる。湯船に肩まで浸かった龍崎が額にはりつく前髪を掻き上げ、深く息を吐く。実弥央はその胸元に抱えられていた。

アイドルのプロモーション映像を高画質ワイドで見せられている気分だった。濡れたイケメンはどうしてこうも色っぽくなるのだろうか。

ぬるめの湯が定期的に掬ってかけられるが、顔は濡れないように気を遣ってくれている。滑り落ちないようにと尻を支えてくれる手にも慣れた……というか諦めた。全身を隈なく洗われた結果、無我の境地に行きついた。人間が猫になるなんて超非科学的な出来事を受け入れた時のように。

顎をくしくしと掻くように撫でられるのが気持ちいい。ふぁ、と緩んだ口から甘えた声が出てしまう。龍崎はそれを笑わないし、むしろもっと丁寧に首まわりを撫でてくれた。どうしても緊張感が緩んで、しがみついている四肢からも力が抜けた。ぴっとりと肌にくっつけた肉球に、ゆったりと落ち着いた龍崎の鼓動が響いてくるのにたまらなく安心した。

おずおずと胸元に顔を寄せると掠めたひげがくすぐったかったらしい、龍崎が身体を揺らした。ちゃぷんと湯が跳ねる。

「すまない、驚かせたか」

ビクリと頭を上げた実弥央の背中をやんわりと手のひらがつつんであやす。

濡れた睫毛を瞬かせて「大丈夫だ」と龍崎が繰り返す。穏やかな表情を向けてくる左の眉尻にはくっきりと三本の引っ掻き傷が出来ていた。さっき実弥央が思わず引っ掻いてつけた傷だ。そんなつもりはなかったのに爪を出してしまっていた。滲んだ血はすぐに止まったけれど、傷跡はしばらく残るだろう。せっかくの男前な顔を傷つけてしまった。

（こういうのって地味に痛いんだよな……）

警察官の龍崎にはどうということのない傷かもしれない。でもそれを負わせたのが自分だと思うと申し訳なさが膨らむ。実弥央は龍崎の胸についていた片手をそっと伸ばした。今度は爪を出さないように気をつける。

「うん、どうした？」

龍崎が手の行方を視線だけで追う。

ぺと、と傷に触れた。肉球は洗われている最中に何度も「柔らかいな」と感動されたからきっと気持ちいいはずだ。舐める勇気はやはりないので、早く治るようにと願いを込めてきゅ、きゅと押す。

「もしかして気にしてるのか？」

『悪いかよ。だって……俺が引っ掻いちゃったんだし』

「ありがとう。大丈夫だ、もう痛くない。お前の傷の方が心配だ」

眉尻を揉む手を摘まれて、それ以上は触るのをやめる。ふっと吐息で笑った龍崎は表情を曇らせて実弥央の首――人間で言えばうなじの辺りを気にかけた。

傷は塞がっているようだがヒリヒリとした痛みがある。でもそれこそ転んでひざをすりむいたくらいのことだ。タンスの角に小指をぶつけた時の方がもっと痛かった。

「……病院に行った方がいいだろうか」

傷の周囲を撫でた龍崎が憂（うれ）い顔で零す。

『平気だって、これくらい』

果たして意味は通じたのだろうか。黙り込んでしまった龍崎はもうしばらく実弥央を胸に抱いたまま身体を温めてから浴室を出た。

ドライヤーは部屋に戻ってからかけられた。腹を見せるのは頑なに拒んだので頭と背中だけふわふわの毛並みを取り戻す。胸元と腹は湿ったままだが、これもそのうち乾くだろう。

冷蔵庫から取り出したスポーツ飲料を美味しそうに飲む龍崎を羨ましく見上げていたら、視線に気づいて水を出してくれた。冷蔵庫に入っているミネラルウォーターが良かったのだけれど器のそれは残念ながら水道水だ。

猫だから仕方がない。

最初は口をつけて啜（すす）ってやろうと試みるも——その方がいっぱい飲めそうだと思ったのだ——上手くいかなくて、仕方なく猫の作法でぴちゃぴちゃと舐めた。思いの外、一舐めで量を掬うことが出来た。

空腹感はなかった。たらふく食べてきたおかげもあるだろうし、そんな気分ではない状況のせいでもあるだろう。

喉の渇きを潤して顔を上げると、タオルで荒っぽく髪の水気を飛ばしただけの龍崎がベッドに腰かけてスマートフォンを睨みつけていた。

ずいぶん深刻な顔だ。しかも親指が画面の上を彷徨っては外され、俯いたり天を仰いだり、何かに悩んでいる様子だ。

何をしているのだろうか。

人のスマホ画面を覗くなんてマナー違反だ。そう思って我慢していたけれど、俯いて逡巡していた龍崎が何かを決意して顔を上げるのを見て、ちょっとだけ……と誘惑に負けた。

小さな跳躍で身体は軽々とベッドの高さまで舞い、大した衝撃もなくマットに着地する。

後ろめたさが拭えずに、忍び足で龍崎の背後から手元を覗き込む。一瞬、視線がスマートフォンから実弥央に向けられる。ドキッとしたけれど、咎められるどころか頭をひと撫でされて微笑みかけられた。

当たり前だ。誰も猫の覗きを咎めたりはしない。

少しばかり開き直って足に手をかけて覗き込むとそれは通信アプリの画面だった。しかも相手は木谷実弥央――自分だった。

夜分にすみません、から始まった文面はアパートの前で猫を保護したこと、その猫が小さいが怪我をしていること、医者に見せた方がいいのだろうかと相談が書かれていた。

一度送った後、お勧めの動物病院を知っていたら教えてほしいと追加される。猫に懐かれているから、そういうことにも詳しいと思われているらしい。自分を頼ってもらえたのは嬉しかった。でも残念ながら返信は出来ない。

龍崎はしばらく画面を凝視して待っていたけれど、いつまでも既読が付かないメッセージに、苦笑交じりのため息を零した。

「もう寝ているか」

すでに夜中の一時をまわっている。龍崎がそう思うには十分な時刻だ。

でも返信できない理由は違う。寝たのではなくて猫になってしまったのだ。

(しかも今、お前の横にいるし)

龍崎さん、と呼んでみた。スマートフォンに向けていた視線が実弥央に向く。龍崎の眼差しが優しくなる。

「お前も眠いのか?」

待っていろと立ち上がった龍崎は大きなクッションとタオルを持って来ると、ベッドの下に猫用の寝床を作った。

「これでどうだ?」

クッションの膨らみをぽふぽふと叩いて期待に満ちた目を向けられる。無下にもできなくて、実弥央は急ごしらえの寝床に入ってみた。クッションの弾力は悪くない。中心で丸くなると脂下がるとまでは言わないまでも龍崎は嬉しそうに笑みを浮かべた。

そうしてからどこかに電話をかけ始めた。四度目のコールで途切れて「もしもし」と女の声が応答する。猫になった実弥央の聴覚は、一言一句を鮮明に拾った。

「遅くにわるい」

あまり悪いと思っていなそうな声だ。相手も気にせず、「どうしたの」と深夜にかかってきた電話の用件を聞く。

「うちの近くにいい動物病院を知らないか。猫を拾ったんだが、少し怪我をしているんだ」

実弥央にはメッセージで送った内容を、その女性には電話で聞いていた。「あんたが猫？」とずいぶん驚かれているのは、龍崎が猫に懐かれたことがないと相手の女も知っているからなのだろう。

特に長話をするわけでもなく、病院の情報を送ると告げる相手に礼を言って電話は切られた。すぐに龍崎の端末に病院の情報が届く。実弥央も知っている腕のいいドクターがいる動物病院だ。

明日連れて行かれるのかもしれない。そうしたら他の猫と違う――元は人間の――おかしな猫だと気づかれてしまうのではないだろうか。それも心配だったし、電話相手の、登録名「夕実（ゆみ）」も実弥央を不安にさせた。

実弥央のことは「木谷さん」で登録していた。でも今の相手は名前だ。あれが噂の美人彼女だろうか。こんな深夜に気安く電話していた様子からも親密さが窺い知れる。やっぱり龍崎には恋人がいたのだ。

クッションから垂れたしっぽがぱたり、と寂しげに揺れた。いないわけがないと思っていても、さっきまでデレデレした顔ばかり向けられていたからショックが大きい。あれは実弥央にではなくて『猫』に向けられた微笑みだというのに。

急に悲しくなって身体中から力が抜ける。クッションに埋めるように顔をつけた。

「眩しかったか」

保護した猫が実弥央だと気づかない龍崎は、言葉も行動の意味も理解なんてしてくれない。

勝手に誤解されて部屋の電気が消される。ベッドが軋んで何度か寝返りを打った末に龍崎は動かなくなった。深い寝息が聞こえてくる。

実弥央は眠れなかった。シャッターが下ろされた窓の外からはしとしとと降り続く雨の音が聞こえる。もそもそと動いてアンモナイトみたいに丸くなる。洗われた身体からは石鹸（せっけん）のいい匂いがした。使われたのは人間用の——龍崎の愛用しているシャンプーだった。今の自分は龍崎と同じ匂いをさせてるんだと思うと切ないような嬉しいような複雑な気持ちになった。

見ないふりをしていた不安が暗い部屋の隅から忍び寄ってくる。

どうして猫になってしまったのだろう。もう一生、猫のままなのだろうか。置いてくるしかなかった荷物はどうなっただろうか。鞄の中には犬飼が貸してくれた折り畳み傘がある。あれは彼が鶴来からプレゼントされた傘だと実弥央は知っている。犬飼が大事に使っていることも。財布やスマートフォンは諦めるから、あれだけは戻って来てほしい。

明日は龍崎と出掛ける約束をしていたのに、人間に戻れなければすっぽかすことになってしまう。真面目な男だから数時間は平気で待っていそうな気がする。何度連絡をしても音信不通な実弥央をどう思うだろう。最初は心配してくれる気がする。でも最後はきっと連絡もして来ないなんていい加減な奴だと思われるんだ。せめて荷物が落し物で届けられていたら事故とか事件とかに巻き込まれたんじゃないかって伝わるのに。

実弥央の不在はいつ気づかれるだろう。

明日は有休を取っているから会社の人はいなくても不思議に思わないはずだ。金曜日は無断欠勤になる。でも一日くらいだとそんなに騒がれはしないだろう。月曜日になっても出勤しなかったら、鶴来あたりはおかしいと思ってくれるかもしれない。それでこつ然と消えたことを知って……。

（やっぱ失踪扱いになるのかな）

鶴来や犬飼の悲嘆（ひたん）に暮れる顔が浮かんだ。龍崎と何かあったのかと思われそうだ。そうしたら犬飼は龍崎を問い詰めるかもしれない。ああ見えてけっこう男らしいというか荒っぽい性格をしている。

そうはなってほしくないな、と思った。誰にも悲しんでほしくない。ここにいると気づいてほしい。

考えれば考えるほど不安に押し潰されそうになった。

クッションから抜け出してベッドに乗る。龍崎は行儀よく仰向けで寝ていた。そろそろと忍び寄って枕元に立つ。暗闇の中でも猫の眼は人間のそれより物の輪郭をはっきりと捉えた。

（寝てても生真面目そうな顔してるなぁ）

寝顔なんて誰でも多少はまぬけ面になるものだが、龍崎は瞑想している修験者みたいだ。唇がぴったりと隙間なく引き結ばれている。

胸がゆったりと上下する様子を見ていると、不思議と不安が和らいでいく。

（ちょっとだけ、いいよな……？）

一人寝のクッションには戻りたくない。龍崎の呼吸と体温が感じられるところにいたい。猫なんだから添い寝したって許されるはずだ。

枕元はさすがに気が引けたから、実弥央は足元まで移動すると身体を寄り添わせるようにして丸まった。

少し触れているだけでも安心感は大きかった。ふぁ、とあくびが出た。ひげがふるりと震えて、目蓋が重くなってくる。目頭からぼんやりと欠けていく視界に、あ、眠れそう、と思った。

くふぅん、と油断しきった猫の鳴き声を最後に実弥央は眠った。

二日目

妙に熱心な視線を感じて、実弥央は鼻をひくつかせた。なぜか片耳も一緒になってぴくぴくと動いた。

ころりと寝返りを打って、首筋を掻こうとしたら失敗した。手が上手く回らない。

うぅん？　と唸るようなぐずるような声を出して眼を開ける。いつも目覚めはメガネがなくてぼわんとした世界なのに、この日は天井の照明に積もった埃までくっきり見えた。

えっ？　と思って跳ね起きると、上半身だけ起き上がらせていた龍崎と眼が合った。

実弥央はひとっ飛びでベッドから部屋の隅にある机の陰に隠れた。

『人の寝顔見てないで起こせよ！』

みゃうみゃうと昨夜、自分がしていたことを棚に上げて文句を言う。実弥央の勢いに苦笑した龍崎は、机のそばまでやってきてしゃがみ込んだ。

無理矢理引きずり出すことはせず、手だけ顔の前に伸ばして人差し指をちょいちょいと揺らす。

「寒かったのか？　布団に入って来ても構わなかったんだが」

そうされたかったんだとわかる残念そうな響きだ。実弥央が首を伸ばして一歩進み出ると、すかさず人差し指に額から頭を撫でられた。龍崎の唇が綻ぶ。その気持ちは実弥央もよくわかる。猫の額から後頭部までの触り心地は最高だ。いくらでも撫でていたくなる。それに……——。

(これはけっこう、やられる方も気持ちいいな)

ちょっと強めに撫でてもらえると気持ち良くて、眼がくぅっと細くなるのを止められない。

ひとしきり撫でられて寝姿を見られた気恥ずかしさが薄れてくると、絶妙なタイミングで抱き上げられた。

『だ、抱っこはやめろ!』

「……だめか」

腕に抱かれると顔が近くなるし腹が密着して落ち着かない。仰け反るように前足を突っ張って腕から抜け出す。びたんびたんとしっぽを叩いて抗議すると、龍崎は小さなため息を吐いて諦めてくれた。

ちょっと強く拒絶し過ぎただろうか。何かフォローをした方がいいのか。チラリと考えが脳裏を過る。すると実弥央が行動を起こす前に、床を叩いていたしっぽが龍崎の足にするりと巻きついて一撫でした。

突然足首に触れられてびくりと肩を跳ね上げた龍崎は、それが実弥央のしっぽだと気づくと破顔した。

「昨夜から何も食べてない。さすがに腹が減っただろう。メシにしよう」

言われてみるとお腹が減っている気がする。視界の低さに慣れないまま実弥央はキッチンに向かった龍崎を追いかけた。

冷蔵庫を開けた龍崎はスマートフォンを片手に中を漁っている。シンクが手頃な高さだったので遠慮なく飛び乗り、実弥央は広い背中の後ろから覗き込んだ。

男の一人暮らしにしては充実している。胡麻ドレッシング、白だし、めんつゆ、卵、牛乳、ヨーグルト、チーズ、ベーコン、他にも使いかけの食材がいくつか。少なくとも実弥央よりよっぽど料理をしているようだ。

「刺身か……、キャットフードを買うべきだろうか」

『刺身っ？』

龍崎の呟きに敏感に反応する。

『刺身がいい！　キャットフードは食わないからな！』

猫の身体なのだからキャットフードがいいのかもしれない。でも元人間の実弥央にはどうしても猫の食べ物は抵抗感が拭えない。刺身があるなら、そっちがいい。

「やっぱり猫は魚が好きなのか？」

みゃあみゃあと騒ぎ出した実弥央の目の前に手つかずの刺身が差し出される。

『おぉ、鰆もある！』

近所のスーパーの鮮魚コーナーは充実していて実弥央もよく仕事帰りにお世話になっている。四種盛りのパックには実弥央の好物の鰆も入っていた。賞味期限は今日の昼までで問題はなさそうだ。

それなのに火を通すべきかと言い出したので、実弥央は龍崎の足を引っ掻いてそのままよこせと訴えた。

「……食べなければ茹でてみるか」

『食う！　心配するなそのままで食うから！』

龍崎の足に八の字でまとわりついて、早く早くと急かした。自分でも不思議なくらいテンションが上がっている。もしかしたら猫になったせいかもしれない。

小皿に刺身が数切れ取り分けられ、水を入れた器の隣に置かれる。

『って、マグロじゃねーか！』

わくわくとかぶりつこうとした皿に盛られていたのは期待した鰆ではなくマグロだった。

『マグロじゃなくて、鰆だ、鰆！』

「気に入らないか……？」

ちょっと匂いを嗅いだだけで口をつけない実弥央に龍崎が眉を下げる。

「キャットフードを買ってくるか……」

皿を下げつつ不穏なことを言い出す。

『違う、マグロじゃなくて鰆がいいんだって！　でもキャットフードにされるくらいならマグロを食うから猫の餌はやめてくれ！』

こっちの鰆が食べたいんだとキッチンに残されたパックをてちてちと叩いて必死にねだる。

「……もしかして他のを食べたいのか？」

『そう、鰆！』

蓋を開けたパックを眼前に差し出されたので、実弥央は鰆の端っこを咥えた。

「なるほど、そっちがいいのか」

新しい小皿が置かれたのでさっそくそれに咥えた鰆の刺身をのせた。しっぽが嬉しさでふるんと弧を描いて揺れる。

龍崎は残りの鰆も全て皿に盛ってくれた。

『いただきまーす』

声を弾ませ、ぱくりと噛みつく。

『うめーっ！』

飲み込むそばからむちゃむちゃと次を食らって、あっという間に皿を空にしてしまった。

猫の味覚だからだろうか、今まで食べた中でダントツに美味しかった。

「他のも食べるか？」

横でじっと食事の様子を見守っていた龍崎が刺身パックを差し出してくる。残っているのはマグロとサーモンとイカだ。どれも好きだがすでに腹は満たされていたので、ふいっと顔を背けて部屋の隅に移動する。片手で顔を拭いながら余韻を味わう。

もう食べない、の意思表示は龍崎にも伝わり、残りの刺身が冷蔵庫に戻される。実弥央に食事を与え終えた龍崎は身支度を整えるとクローゼットからボストンバッグを取り出して中にタオルを敷いた。

「少し窮屈かもしれないが我慢してくれ」

『おわっ』

何をしているのかと覗き込んだ実弥央はそのままバッグの中に入れられてしまった。すかさずジッパーが締められる。大きく揺れて四つ足でも踏ん張りが利かず、ころんっと倒れてしまう。

みゃうっ、と濁った抗議の鳴き声を蛮行に及んだ男に向ける。

「すまない」

慌てて謝罪されたがバッグは開けられなかった。声と揺れからするに、どうやらバッグは龍崎の肩にかけられたらしい。

聞き慣れたアパートの玄関ドアが開閉される音と鍵をかける音。バッグの隙間から、外気の匂いが入り込んできた。

　実弥央をバッグに入れて龍崎はどこかに向かっている。一瞬どこか遠くに捨てられる自分の姿が浮かんだけど、ぷるぷると頭を振ってすぐに否定した。龍崎はそんな男じゃないし、そんなことするくらいならまず助けたりしない。それに刺身だって食べさせないはずだ。目的地は遠くはないらしく、龍崎の移動は徒歩だった。

　やがてキィ…と蝶番（ちょうつがい）の軋みがして「こんにちは」と優しげな声がかけられる。それに多種多様な獣のにおいと犬と猫の鳴き声。

（あ、そうか）

　動物病院だ。そういえば昨夜、そんな相談をしていた。実弥央との映画の予定は昼過ぎだ。その前に拾った猫を受診させに来たのだ。

「猫を保護したので診てほしいんだが……」

「ご予約はありますか？」

「ネットから申し込みをしました」

「お名前を教えてください」

「龍崎です」

「少々お待ちください。……龍崎達也さんですね？」

　事前に受診予約を出来る病院らしくスムーズに話が進んでいく。

「では問診票に記入をお願いします。書き終わったらこちらに持って来てください。あ、あと診察券を作りますので猫ちゃんのお名前も教えてください」

「…………名前」

『木谷実弥央です』

言っても通じるわけないだろうなと思いつつ、名乗ってしまう。鳴き声は受付の者にも聞こえたらしく「あら、ちゃんとお返事できるなんて賢い猫ちゃんですね」と楽しげに笑われた。

それに龍崎は何も返さない。

バッグの中にいても真っ直ぐに注がれているだろう視線を感じた。

『お前、ガン見してるだろ』

「あ、つけてないんでしたらそれでも大丈夫ですよ」

実弥央の立場は野良猫だ。名前がないことは多いのだろう。すぐにフォローの言葉が入る。

「いや……。みゃお、でお願いします」

猫の耳は人間のそれよりもずっと性能がいい。それでもにわかに信じられず、自分の耳を疑った。だって龍崎は今、実弥央、と言わなかったか？

「みゃおちゃん」

「ああ、いや、オスです」

「みゃお君ですね、わかりました」

（あ、実弥央じゃなくて、みゃお……）

狭いボストンバッグの中で動揺に揺れたしっぽが、ぽてんとタオルに落ちる。

（そうだよな）

猫に自分の名前をつけるわけがない。みーみーよく鳴いたからきっとそこからつけたんだ。安直だけど龍崎らしい。

（にしても心臓に悪い）

一瞬、自分の名前を呼ばれたのかと思って心臓が口から飛び出るかと思った。ほうっとため息をついて丸くなる。バッグは待合室のソファにでも置かれたのか足元が安定していた。少しでいいからジッパーを開けてくれないかと期待したけれどその気配はない。昨日、脱衣所で逃げたから警戒してるらしい。

若干の閉塞感は我慢するしかなさそうだ。それでも不満にしっぽはゆらゆらと揺れる。そうすると狭いからバッグに当たって、それにまた不愉快になった。

俺ってこんなに感情的な奴だったっけ、と自分でも戸惑う。もしかしたら猫になった影響なのかもしれない。

少しでも気を紛らわそうと実弥央は外の様子に意識を向けた。背中がじんわりと暖かいのは陽射しが当たっているからだろう。窓際の待合ベンチ。龍崎はそこに座っている。ふんふんと鼻をひくつかせると隣にも猫がいるのに気づいた。どうして分かるのかなんて実弥央にも分からない。でも知っている。これは同族のにおいだ。それも二匹。

もしかして猫同士、他の猫の言葉が理解できたりするのかもと耳を澄ませてみたけれど、聞こえてくるのはにゃんみゃうんという鳴き声だけで、意味のある言葉ではなかった。

少し残念に思う。でも俺は生粋の猫じゃないと安心もした。

それから順番が来るまでに二度ほど、実弥央は好奇心旺盛な犬にバッグ越しににおいを嗅がれた。一匹目は無視を決め込み、しつこい二匹目にはバッグの中から猫パンチを食らわせてやった。

やがて「龍崎みゃお君、どうぞー」と呼び出しがかかる。診る相手が動物だから当たり前のこととはいえ、ペットの名前で呼び出されるのはなんとなく面白かった。龍崎が移動すると病院のにおいがぐっと強くなる。つまり薬品臭い。ゆらりと不安定になったバッグがまた平たい場所に置かれる。たぶん診察台だ。

「えーと、保護した猫のみゃお君ね」

ならこの声は医師だろう。

問診票を読み上げる女医の声は受付の女性とよく似ていた。姉妹なのかもしれない。

「首の所に傷が出来ていて、血は止まったんですが念のためにと」

「そう、じゃあその怪我から診ていきましょうか。みゃお君、気性は荒いのかしら？　ネットは必要そう？」

「いえ、大人しいです。ただ少し気の強いところがあります」

（さっき犬にパンチしたのバレてたか……）

　そこはさすが警察官と言うべきなのか、龍崎はよく実弥央の様子を見ている。暴れるタイプの猫だったらネットに入れることにしましょうと、まずはそのまま診察台に出されることになった。

　ネットに入れられるのはできれば遠慮したい。全裸を見られるのは抵抗があったけれど、実弥央は大人しくしていることにした。

「あら、シャム柄ね、可愛い」

　ようやくバッグが開けられた。開放感に思わず小さな鳴き声が漏れる。

にっこりと笑いかけてきたのは髪に白いものが混じり始めた女性。丸いメガネに白衣、声は問診票を読み上げていた女性と同じだから、彼女が医師だろう。

　部屋の隅に女医とよく似た顔立ちの若い男が白衣を着て控えていた。年齢的に見て、医者の息子だろうか。色違いで彼女たちがかけているメガネはヒンジ部分にワンポイントの飾りがついた自社の――メガネ工房の物だ。それだけでこの病院への好感度が上がった。

　脇の下を掴まれてバッグから出される際、実弥央は暴れたいのをぐっと我慢して後ろ足を伸ばし、どうにか股間を女医の視線から隠す努力をした。

　診察の内容はほとんど人間のそれと変わらなかった。聴診器で心音を聞かれ、眼と耳に光を当てて覗き込まれ、口を大きく開けて喉まで診られた。体重は診察台に機能が埋め込まれているらしく、体重計に乗せられたりはしなかった。一番屈辱的だったのは検温だが、うぅぅ……と呻きを上げてどうにか肛門に体温計を差し込まれるのに耐えた。ただし終わってから「よく耐えたな」と背中を撫でてきた龍崎に一蹴り入れた。八つ当たりだ。わかっていても止められなかった。

　採血され、最後に首筋の傷に治療を施される。

「もうほとんど塞がってるし、血液の数値も問題がないから大丈夫よ。でもかさぶたを気にして引っ掻いたり化膿したりするようならすぐに来てください」

「わかりました」

「それと、この子はたぶん野良じゃないわねー」

「…………わかるんですか？」

　野良猫か野良猫ではないかと訊かれると、野良ではないが一目見ただけでわかるものなのかと実弥央も驚いた。

「チップの埋め込みはないけど、こっちの言うことをよく理解するし、人間に対して警戒心もないし……それに野良猫と飼い猫ってやっぱり雰囲気が全然違うもの」

「……元の飼い主は探しているだろうな」

　こんなに可愛いんだから、とぼそりと最後に付け加えられた一言に実弥央の耳は熱くなった。猫でもそういうところは同じらしい。

「うちにはまだ迷い猫ちゃんの情報が来てないけど、今はSNSとか専用サイトもあるから見てみましょうか」

　女医の目配せに若い男がデスクのパソコンで調べたが、当然該当する猫はいなかった。

「見つけたのは昨夜？　それならまだ登録されてない可能性もあるわね。警察にも問い合わせをしてみたら？　そっちには情報がいってるかもしれないわ」

「調べてみます」

　診察の終了と共に実弥央は自主的にボストンバッグの中に戻った。「早く帰りたいのね」と笑う医師に見送られ、会計を済ませて病院を出た。

　ペット禁止のアパートだが、龍崎は病院で猫用品も買い込んでいた。どうやらしばらく実弥央を保護してくれる気らしい。親しみのある環境にいられるのはありがたかった。

　帰宅してバッグを開けてもらった実弥央は自分用にと宛がわれたクッションに座った。バッグの中にいたせいか静電気で体毛がぶわっと広がっている。それが気になって届くところは全部舐めて落ち着かせた。

　龍崎はその間に迷い猫の情報が入っていないか職場に問い合わせていた。もちろん結果は空振りだ。

　スマートフォンを切った龍崎の足に身体を擦りつける。

「……早く飼い主に会いたいか」

『別に落ち込まなくていい、俺は迷い猫じゃないから』

「みゃお」

『……なんだよ』

　あまり口を大きく開けてしゃべらないせいか、聞き取りにくくはないのだが龍崎の発音はどうにも「みゃお」ではなく「実弥央」に聞こえて心臓に悪い。

「お前の本当の名前がわかればよかったんだが」

『みゃおでほとんど当たりだ』

「しばらくはみゃおで我慢してくれ」

　猫相手にも龍崎はおかしいくらい律儀だ。了解、と伝えたくて、みゃーとひと鳴きしておく。

　動物病院は案外時間がかかった。龍崎が腰を落ち着ける間もなく、時計のアラームが鳴る。すでに十二時だ。龍崎は慌ただしく準備を整え、鏡の前で髭の剃り残しがないかを入念にチェックして出掛けて行った。「あまり遅くはならないと思うが、腹が減ったら食べておいてくれ」と餌皿にキャットフードを入れてくれるのはありがたいが、口をつけることはないだろう。

　待ち合わせは映画館の前を指定していた。

　自宅から連れ立って行く案を断ったのは実弥央だ。自分たちを知る者に鉢合わせたくなかったのと、自宅から一緒だととても心臓が持ちそうになかったからだ。

（あんまり長く待ってないといいんだけどな……）

　なんなら一人で映画を観てしまえばいい。いや、その方が虚しいか。

　一人になった実弥央は、ベランダの窓際に移動して外を眺めた。

　昨夜のどしゃ降りが嘘のように空は高く晴れている。龍崎のベランダからも隣家の桜の木が見えた。先日まで咲き誇っていた花は散り、今や緑が眩しい。雨をたっぷりと浴びた葉っぱはなんだか生き生きしている気がする。葉脈を辿るように滑り落ちた雫が地面で弾ける。次にピントがあったのは枝に止まる小鳥だ。ピチピチと鳴くくちばし、枝を握りしめる足、向きを変える度に左右に振れる尾羽。いくら見ていても見飽きなくてまばたきも忘れて魅入ってしまう。飛びつきたい、と爪が疼く。

　その時だった。突然、枝に止まっていた鳥たちが一斉に飛び立った。思わず実弥央も腰を浮かせて耳をピンッと尖らせた。これは猫の直感だ。何かが近づいてくると全身で感じる。薄く牙を剥いて身構え――、その姿が葉桜のアーチをくぐって現れた瞬間、実弥央は後ろ足で立ち上がって窓を叩いていた。

『ロン！』

空に向かって立ったしっぽ、すらりとした姿態、艶やかな毛並みに、ブルーが混じったエメラルドグリーンの眼をした黒猫。昨夜別れたっきりのロンだった。

どうしてロンのことをすっぽりと忘れていたんだろう。自分のことで手いっぱいだったからだとしても、あの状況を考えればロンは重要な存在だ。

だって実弥央は、ロンを助けて猫になってしまったのだから。

『ロン！　ロンッ！』

肉球で窓を叩いて、声を張り上げてロンを呼ぶ。飛び立った鳥の行方を追っていたロンの視線が実弥央へと向けられる。

すぅっと細まった眼は実弥央を新たな獲物として定めたようだった。危なげなく塀からベランダの柵に飛び移り、優雅な足取りでロンは実弥央がへばりつく窓の前までやってきた。

『ロン、俺のことわかるか？』

『もちろん。実弥央、ここにいたんだな』

『……っ！』

ハスキーな声が実弥央の呼び掛けに応える。

（ロンがしゃべってる！）

他の猫はただの鳴き声にしか聞こえなかったのに、ロンの言葉はちゃんと理解できた。

（やっぱりロンは特別な猫なんだ！）

だったらきっと自分がこうなってしまった原因も、元に戻る方法も知っているに違いない。知っていてほしい！

『あの後どこに行っちゃってたんだよ。なあ、どうして俺は猫になっちゃったんだ？　お前の仕業なのか、ロン？　このままじゃ困るんだ、元に戻してくれ！』

『やったじゃないか、その部屋、お前が大好きな龍崎の家だろ？』

窓越しのロンはマイペースで実弥央の質問にはひとつも答えずに、まったく関係のない話をする。

『いっつも龍崎の話ばっかりだったもんなぁ。あいつ、悪い人間じゃないんだろうけど俺たちにはちょっと真面目すぎて窮屈なんだよ。可愛がってもらってるか？』

ロンは猫のくせに器用に片目をつぶってウィンクを送ってよこした。含みがあるロンのもの言いに、昨夜、玉をつつかれたことを思い出してしまい、実弥央はキシャッと牙を剥いた。

『べ、別に何にもない！』

『お、あったんだ。むっつりスケベだと思ってたのに案外手が早い男だったんだな、あいつ』

『変なレッテルを貼るな！　そうじゃなくって、俺のことだよ。なあロンは知ってるんだろ、俺が猫なっちゃった理由。教えてくれよ、どうすれば戻れるんだ』

お願いだから知っていると言ってほしい。すがるように「ロン」と可愛がっていた猫の名前を呼ぶ。ロンに知らないと言われたら、実弥央にはなす術がない。ロンが実弥央に残されたたったひとつの希望だった。

『ああ、知ってるよ』

あっけらかんとロンが答える。いっそつまんなそうに聞こえるくらいあっさりと。

『本当か！』

『うん、猫神様の力だ』

『……ね、ねこがみさま？』

『なんだよ、もう忘れたのか？　昨日お参りしただろう、猫神社。あそこに祭られてる猫神様の御力だ』

『それは……俺がお前を助けようとして車に轢かれそうになったから、その猫神様が助けてくれたってこと？』

『違う。あいつとの仲を取り持ってくれってお願いしたんだろう？　それを叶えてくださったんだ。轢かれそうになったタイミングだったのはオマケみたいなものじゃないか？』

『えぇー………………』

　そのおかげで助かった身で言うセリフではないが、ずいぶんと命の扱いが軽い。

『撫で方が気持ちよかったから、叶えてやることにしたって言ってたぞ』

『撫で……？』

　あの時に撫でたのはロンと賽銭箱に寝ていた白猫だけだ。それってつまり……――。

『まさかあの賽銭箱で眠ってた猫が猫神様だったとかいう……？』

『そうそう、あの白猫が猫神様だ』

『マジかよ……』

　ふくふくと丸みがあって汚れのない白猫だなぁとは思ったけど、まさかあれが神様だったとは。

『……まあいいや。それで元に戻る方法ももちろんあるんだよな？』

　あんまり深く考えない方がいい気がして、実弥央は次の質問に移った。猫になってしまった理由はわかった。重要なのは戻る方法だ。神様の取り計らいというのなら戻る方法も用意されているに違いない。されていなければ困る。

『あるよ』

　これにもロンはあっさりと答えた。どっと安堵が押し寄せてきて実弥央はぺとんとフローリングに尻をつけた。

『それで！　その方法はっ？』

簡単な方法なら今すぐ戻れば、龍崎との待ち合わせにだって間に合うかもしれない。

『簡単だ。名は体を表す』

「……もうちょっと具体的に頼む」

猫が人間のことわざを知っていることに、もはやいちいち驚いたりはしない。

『なんだよ、察しが悪いな。つまり人間に実弥央を実弥央だと認識してもらって「実弥央」って呼んでもらえばいい。言霊ってやつはお前たち人間が思っている以上に強いんだ。特に名前は唯一を表すから、すごく強い』

『それは龍崎に俺を実弥央だって信じた上で、名前を呼んでもらわないといけないってことか』

『ちょっと違う。人間なら誰でもいい』

『誰でもいいのかよっ！』

仲を取り持つために……なんて言うからには恋愛にまつわる呪いのお約束で、好きな相手にかと思ったのに、友人でも親兄弟でもなんなら道端の通行人でもとにかく人間なら誰でもいいらしい。

『なんか……いや、難易度低くていいんだけど、なんか……』

簡単に戻れると知ったのに落胆している実弥央をロンが不思議そうに見つめた。

『きっと猫神様は眠かったんだろう』

『そんな理由で……？』

『十分な理由じゃないか！』

『………あー、うん、そうか』

神様であっても猫は猫。

実弥央の脳裏に、日向ぼっこ中はどんなに呼んでもしっぽのひと振りも反応をしてくれなかった祖母の家の猫が浮かんだ。

眠い猫神様がそれでも頑張ってくれたのだと思えば、妙な説得力が生まれる。……諦めとも言う。

『あ、そうだ。人間に戻るまでの猶予は七日間だ。それを超えたら意識が猫の体と強く結びついて名前を呼ばれてももう人間には戻れなくなるから気をつけろよ、実弥央』

『それすっごい大事なことじゃないか！　早く言えよ！』

『だから今伝えた』

そうだけど、言う直前まで忘れていたじゃないか。もし思い出さなくて、実弥央がうっかり七日間以上猫でいる生活を選んでいたらどうするつもりだったんだ。

『他に言い忘れてることはないよな？』

『ないよ。………うん、ない。全部伝えた。あとは実弥央の好きに過ごすといい』

妙な間が気になったけれど、信じるしかない。

うんっ、と尻を高く上げてロンはしなやかな伸びを見せた。

『ロン、もう行くのか？』

『ああ、まだパトロールの途中だからな』

『そっか……』

せっかく言葉が通じる相手を見つけたのに、置いていかれるのはさびしい。

『……そんな落ち込むなよ。また様子を見に来るから』

てしっと窓ガラスにロンが前足を伸ばす。約束の証のようにうっすらと肉球の跡が残った。

『明日も来てくれるか？』

『明日は……雨が降りそうだからな』

顔を上げてロンが鼻をひくつかせる。経験値が足りないからなのか、実弥央にはまだ雨の気配は感じられなかった。

『雨が降らなかったら？』

『来るよ』

『わかった、待ってる』

ロンが残した足跡に実弥央も自分の前足を当てた。別れの挨拶にしっぽを大きく一振りして、ロンはベランダの柵を伝い実弥央の部屋とは反対側に去っていく。後ろ姿を見送っていると、ふいにロンが振り返った。

『どうした？』

さっきまであんなに飄々（ひょうひょう）としていたロンが忙しなくしっぽを振り、落ち着きなくひげを揺らしている。

『……あの時、助けてくれてありがとう』

それだけ言って、ロンは柵を飛び降りるとあっという間に走り去ってしまった。

わかりやすい照れ方に笑みがこぼれる。

（ロンもやっぱり猫なんだなぁ）

実弥央もロンを真似て猫らしい伸びをしてみた。

身体は軽くて驚くほどにしなやかだ。前に前にと伸ばした手をうんと開くとクリームパンみたいなまん丸の手がくあっと開いて爪がにゅっと現れる。どうにもこの爪の出し入れがまだ苦手だった。自分の前足を見ながらにぎにぎと動かして爪を出したり引っ込めたりの練習をしてみる。適応能力は高いらしく、数度試せばかなり上手くコントロールできるようになった。これなら今までよりも幾ばくか上手く前足を使えるだろう。

『さて、と』

人間に戻る方法はわかった。あとはどうやって実行するか、だ。

『それはそんなに難しくないよな』

要は龍崎に——誰でもいいとは言われたが状況的に龍崎が適任だろう——目の前にいる猫が実弥央だと知らせて、それを信じてもらえばいい。

たしかあそこにあったよな、と実弥央は部屋を横切ってキッチンカウンターに乗った。

『あったあった』

目当ての物はガスコンロの脇に調味料と一緒に置かれていた。

爪楊枝だ。

本数は十分にある。これだけあれば漢字だって作れそうだ。

さっそく「えいっ」と猫パンチで爪楊枝を容器ごと床に落とす。実弥央はそれを一本ずつ咥えて部屋の真ん中に置いていった。ぽとりとフローリングに落としては、ちょいちょいと手で角度を調節して次の一本を取りに行く。時折デスクに乗ってバランスを確かめる。

そうやって「オレハ木谷実弥央」の爪楊枝文字を完成させた。

自分で言うのもなんだが、かなりの力作だ。使う本数が増えて面倒だったけれど、名前を漢字にしたのは正解だ。あごのだるさもこれなら報われる。

普通の猫にこんなことはできない。漢字の名前を見れば、偶然ぶちまけた爪楊枝がそう見える形に散らばったとは思わないはずだ。龍崎が帰ってきたらこれを見つけてもらえばいい。そうすればきっと目の前にいる猫が実弥央だと信じてもらえる。

『万が一信じなかったら、今度は目の前で文字を作ってやればいいいな』

戻り方を知った今、実弥央の焦燥は余裕に変わっていた。

家主がいないのをいいことに、ベッドの端から端まで転がってシーツを毛だらけにする。案外猫の骨格でも仰向けの態勢は楽だった。人間だった頃みたいに枕に頭をのせて天井を見上げる。

同じ部屋の間取り、似たような家具の配置、でも満ちているにおいだけは全然違う。どこもかしこも龍崎のにおいがする。ころりと寝返りを打って枕に顔を埋めた。まるで龍崎の肩口に顔を埋めたみたいな気分を味わう。

人間に戻ったら当然こんなことは出来ない。まず部屋にあげてもらう機会があるかすらもあやしい。撫でられたり抱っこされたり、こんなことならもっとイチャイチャしておけばよかった。

すればいいんじゃないか？

するりと。まるでわずかな隙間から花びらが舞い込むように、その誘惑が胸に入り込んできた。

これはいつかの日に願った状況そのものだ。

実弥央は猫で、引っ掻いたりそっぽを向いたりわがままを言っても許される、むしろそれを可愛いと褒められる。こちらを見つめる視線は優しくて常に笑みが浮かび、いくつも言葉を投げかけてもらえる。答えなくてもつまらない奴だと言われないし、口が悪くても反応しただけで喜んでもらえる。なにより龍崎の、人間の実弥央では知る術もない姿をたくさん見ることができる。

ロンも言っていたではないか。猫神様が実弥央を猫の姿に変えたのは、龍崎と仲良くなりたいと願ったからだと。

仲良くなるのは猫としての実弥央であって、人間の実弥央ではない。……でもそれはむしろ好都合だ。

龍崎には恋人がいる。実弥央が目撃したことはないけれど、目撃情報ならいくつも聞いた。学生時代からの付き合いで上司にも紹介済み、結婚秒読みらしいとか、二人で仲睦まじく買い物をしていただとか、美男美女でお似合いの二人だったとか。噂話が好きな女将さんはご近所ネットワークで集まった情報を聞かずともあれこれと教えてくれた。

付き合いたいと望んだって龍崎とは恋仲になれない。だったら猫の間だけでも龍崎から思いっきり愛されたい。

人間に戻るまでのタイムリミットは一週間。昨日からカウントが始まっているなら今日は二日目、あと五日間ある。さすがに最終日ギリギリまで引っ張るのは危険だから、前日に戻るとしても四日間。月曜日まで猫生活を送れる。差し迫った仕事はないし、会社には真面目に勤めてきた。金曜日と月曜日の二日くらい無断欠勤をしたって、高熱を出して倒れていましたと言えば許してもらえるだろう。

考えれば考えるほど、猫ライフは魅力的だ。

(でも人間に戻って、猫だった時の行動を問い詰められたら……)

懸念を唱える己を、狡猾なもう一人の己が打ち消す。

そんなの、猫だった時のことは一切覚えてないで押し切ればいい。人間が猫になるんだ。記憶がないくらいのオプションが追加されたって疑われるものか。今日の約束をすっぽかしたことだって、それなら許してもらえる。

こんな考え、実行すべきではない。騙すみたいなものじゃないか。

分かってる。でもやめておけと引きとめる理性はどんどん頭の片隅に追いやられて小さくなっていく。ちょっとした神様からのご褒美だ。満喫して何が悪い。たったの一週間。短い夢を見たっていいじゃないか。

転がっていたベッドから床を見下ろす。爪楊枝で作った文字。

こくりと喉を鳴らす。飲み下したのは、最後まで抗っていた小うるさい理性の方だった。

『…………』

実弥央は完成させた文字をぐしゃぐしゃに崩した。

＊＊＊

龍崎が帰宅したのは夜の七時をまわってからだった。待ち合わせは二時、映画は二時三十分からだった。一人で観てきたとしても五時には終わったはずだ。まっすぐ帰ってきていれば六時には着いただろうに、龍崎はどう過ごしていたのだろう。

龍崎の帰宅を窓辺で待ちわびていた実弥央は、足音を聞きつけて玄関まで出迎えに行った。ところが龍崎は部屋の前を通り過ぎ、そのまま奥まで進んで実弥央の部屋の前で足を止めた。

インターホンの音が聞こえる。一度ではなく、何度も。十を数えたところで龍崎は諦めたようだった。

心なしか鍵を開ける動きにも覇気(はき)がない。ドアの向こうにいた龍崎は、一見変わりなく見えた。でも暗く沈んだ目の色で、酷く落ち込んでいるのがわかった。

『おかえり』

罪悪感がいつにない愛想の良さを生んだ。靴を脱ぐ前の両足に、慰めの意味も込めて身体を擦りつける。

「みゃお」

ちらりと口端に笑みを浮かべた龍崎に、大人しく抱っこされた。落ち込んでいる時、ふわふわしたあたたかい毛玉を抱きしめると、とても癒されるのを実弥央は知っている。

龍崎が背中を優しく撫でるので、実弥央は龍崎の頬に自分の頬を擦りつけた。

「木谷さんが訪ねてこなかったか？」

真実を読み取ろうとでもするみたいに瞳を覗き込まれる。龍崎には猫の鳴き声にしか聞こえないのに、「来てはいない」と気圧されるようにして実弥央は嘘ではないけれど正しくもない答えを返した。

龍崎から憤っている気配は感じ取れなかった。ポケットからスマートフォンが取り出される。通信アプリの実弥央とのトークルームには、龍崎から送られたメッセージがずらりと並んでいた。もちろん一切既読マークは付いていない。

《何時でもかまわない、連絡をくれ》

最後にもう一度、その文章を送って龍崎はスマートフォンをポケットに戻した。

「…………これは」

実弥央を抱えたまま廊下を進んだ龍崎が、そう零したっきり絶句する。実弥央は龍崎の視線が釘付けになっている床をチラリと見た。

『まあ、そうなるよな……』

キッチンからベッドのある部屋まで、これだけ爪楊枝がぶちまけられていれば唖然とするしかない。一ヶ所にまとめておこうかとも思ったのだが、猫はそんな気遣いはしないとれる。

そのまま放置した。

「……犯人はお前だな、みゃお」

ため息がひとつ。そうしてからじろりと横目で睨まれて警察官らしい口調で問い詰められる。

『俺以外に犯行は不可能だもんな』

実弥央の自白は、しらを切ったと受け止められたらしい。

「可愛く鳴いても駄目だ、証拠は上がってるぞ」

体の向きを変えられて爪楊枝が一面に転がる床を見せられる。ちょっと派手にぶちまけすぎたかもしれない。

まったく、と叱るにしては甘い呆れ声が後頭部を掠める。

「怪我をしなかったか？」

龍崎が前足から順に足裏を優しい手つきで触って確かめていく。分かりやすい甘やかしがくすぐったいけれど心地いい。

『大丈夫、してない』

「大丈夫そうだな、よかった。片付けるから少しそこにいてくれ」

実弥央をベッドに下ろし、龍崎はフロアワイパーで散らばる爪楊枝を片づける。

「みゃお、メシを食わなかったのか」

手つかずの餌皿に気づいた龍崎は、床一面の爪楊枝を見つけた時よりもはっきりと顔を顰めた。

『猫のエサは食わない。人間と同じものを出してくれ』

「味が気に入らなかったか……?」

キッチンに引っ込んだ龍崎が別の味を選んで持ってきたが、実弥央はぷいっと顔をそむけた。

『昨日の刺身、まだ残ってるだろ。あれでもいいし、なんにもないならねこまんまでもいいから、キャットフード以外にしてくれ』

味噌汁をかけたご飯はお茶漬けとは違ってそれはそれでおいしい。実弥央はけっこう好きで、行儀が悪いと知りつつたまにやる。

どうするかな、と龍崎が冷蔵庫を開けたので、実弥央は肩によじ登り、物色する龍崎の手が食べたい物に触れる度に「それが食いたい」と鳴いた。キムチと枝豆の時は無視されたが、刺身と茶碗蒸しは「これが食いたいのか?」と訊かれたので「食べたい!」と激しく主張する。

『なんだよ……?』

しみじみと見てくる龍崎を半目で睨み返す。

「猫はずいぶんと賢い生き物なんだな」

実弥央の自己主張に感心したらしい。試すつもりなのかワサビチューブを手に持ったので、それには低い声で『いらない』と答えた。くくっ、と龍崎は喉で笑う。

「いらないか」

刺身は賞味期限が過ぎているからとサーモンとイカは自分用にバターソテーに、マグロは実弥央用にと茹でられた。それに出来合いの茶碗蒸しとライスパックを電子レンジで温め、インスタントの玉ねぎ味噌汁で二人分の——もとい一人と一匹分の夕食が完成した。

『見られながらだと食べにくいからあんま見んなよな』

自分の食事が冷めるのも気にせず、龍崎は実弥央がちゃむ、とマグロにかぶりつくのを観察してくる。一切れ分、その視線に耐えたけれどさすがに限界だった。

凝視してくる龍崎を上目遣いに睨んで、「見るなってば」としっぽの先で床を叩く。

龍崎が自分の皿に視線を戻した時にだけ、さっと食べてまた見られたらやめるのを繰り返したら、さすがに察したらしい。

「……見られたくないのか」

残念さを隠さないつぶやきを漏らしつつも、視線が外される。

これでやっと気兼ねなく食べられる。

遠慮なく大口を開けてかぶりつく。ごはんにありつけた幸せにぺそっと耳が倒れる。

「んまっ」と合間に感嘆の声が上がるのを止められない。

食事を終えたのは実弥央が先だった。茹で汁まで舐め尽くし、唇の端から端までをぺろりと舐めて満足感に浸る。ひげについた汚れを払うついでに顔を拭いて振り返ると、龍崎もほとんど食事を終えていた。

行儀の悪さを気にせず、ローテーブルに前足をかけて様子を窺う。味噌汁に鼻を寄せたら、すすすっとお椀を遠ざけられた。

「これは食べたらだめなやつだ」

『食わねーし』

まだ熱いだろうに龍崎は味噌汁を飲み干した。

どれも均等に減っている中で、茶碗蒸しだけまだ一口も手がつけられていなかった。

『なあ、茶碗蒸しは食わないのか？』

「やっぱりこれも食べたかったんだな」

器の端っこをつついて訊いたら、龍崎はスプーンで具のない部分を薄く掬った。それを手のひらにのせて「まだ少し熱いな」とふうふうと息を吹きかける。

「みゃお、おいで」

『……もしかして俺のために食べずに取っておいたのか？』

胡坐をかいた龍崎の横に行く。実弥央の顔の高さに、茶碗蒸しのかけらをのせた手が差し出された。

「食べていいぞ」

『……………いただきます』

おずおずと顔を近づける。茶碗蒸しは実弥央にはまだちょっと熱く感じた――猫舌なことにちょっと感動した――が、それよりも掬い取ろうとした舌が龍崎の手のひらも一緒に舐めてしまったことにびくっとしてしまった。

「すまない、まだ熱かったか」

すぐさま龍崎は息を吹きかけて追加で冷ます。茶碗蒸しの温度は食べやすくなっていたけれど、どんなに気をつけても龍崎の手を舐めてしまう。

「美味いか？」

実弥央の緊張をよそに見守る龍崎はとろけんばかりの笑顔だ。嬉々として新しいかけらをのせて「まだ食べるか？」と勧めてくる。

あまりにも嬉しそうにされるから、実弥央も開き直った。好きな相手に手ずから食べさせてもらえる機会なんて、きっと二度とない。だったら、と遠慮を捨てて茶碗蒸しを舐め取る。

ティースプーンにして五杯分を食べたところで実弥央の腹は満腹になった。

龍崎が残りの茶碗蒸しを掻き込んで「ごちそうさまでした」と手を合わせる。実弥央も「ごちそうさまでした」と倣（なら）って言うと、「いい子だ」と頭を撫でられた。

猫は些細なことでも褒められる。これはなかなかの特権だ。

クッションに埋もれて顔を洗っていると、ため息が聞こえた。洗い物を終えて戻ってきた龍崎がスマートフォンを見て落胆している。

食事中も何度か見た姿だ。何を見ているのか確かめるまでもない。

諦めきれないのか、龍崎はベランダに出て身を乗り出し実弥央の部屋を覗いていた。でもそこに実弥央はいない。うなだれる龍崎に実弥央は頭突きをする勢いでぐりぐりと頭を押しつけた。夜気をまとった足が冷たい。

『気にしなくていいから、もう休めよ』

ひょいっと無造作に抱き上げられて、高い鼻先と実弥央の小さな鼻先をくっつけられる。当たり前なのに一瞬だけ、龍崎の鼻が湿っていないのを不思議に感じてしまった。

「一緒に寝るか」

『な、なんだよいきなり』

「……嫌か」

『嫌、ってわけじゃないけど』

誘っておきながら龍崎は実弥央をベッドに下ろすと、自分は風呂に行ってしまった。

最初は丸まって待っていた。でもシャワーの流水音を聞いていたらどんどん気恥ずかしくなってきて、結局ベッド下のクッションに移動した。

龍崎は特に何も言わなかった。首の傷を避けて背中から尾先までを撫でて、自分もベッドに入った。

照明の消された部屋に龍崎のすこやかな寝息が聞こえてくる。眠ったのを見届けてから、実弥央はこっそりと龍崎の足元に移動して眠った。

三日目

猫生活を満喫する、と色々ふっ切ってしまえばそれは実に快適な生活だった。なにせ猫の仕事と言えば「可愛い」ことだ。それ以外はわがままを言ってごはんをおいしく食べてぽかぽかの日向で寝ていればいい。

大きな懸案事項も今朝、無事に解決した。

トイレ問題だ。

生き物にとって生理現象は意思や根性でどうにかできるものではない。龍崎は病院でキャットフードと一緒に猫砂も購入した。それを浅めの段ボールに敷き詰め簡易猫トイレを作ってくれたのはいい。だが置き場所が廊下だった。丸見えなのだ。しかも龍崎は観察する癖があるらしく、とにかくよく見てくる。

好きな男に見られながら用を足す趣味はない。

昨日は龍崎の外出中に済ませたし、帰宅後も隙をついてさっと終わらせた。ただやっぱりいつ見られるともしれない状況では落ち着かない。ちなみに片付けられる点については、「あれは猫の排泄物」と自分と切り分けることでどうにか折り合いをつけた。

今朝も龍崎が起床する前に用を足そうと収まりのいいポジションを探していたら、ふと視線を感じた。砂を掘るのをやめて顔を上げてみれば、ベッドで横になったままこちらを見ている龍崎と目が合った。

『何見てんだ！』

怒り出した実弥央に構うことなくそばまで来た龍崎は、謝るどころか「猫はオスも座ってするのか」と不躾な感想をよこした。

『お前にはデリカシーってものがないのか！　見るな！　来んな！　あっち行ってろ、ばか！』

後ろ足で猫砂を蹴飛ばして龍崎にぶつける。

「なんだ、もうしたのか？」

『覗くなー！』

砂を蹴ったのは追い返すためで埋めるためじゃない。

『猫にだってプライバシーってものがあるんだよ！　俺はトイレの場所移動を要求する！』

「朝からずいぶんと元気だな……。そういえば猫はトイレを済ますと興奮するとあったが、それか？」

『違う！』

（まだしてないっての！）

龍崎に言ったって埒が明かない。こうなったら自分でやる。

実弥央は段ボールから飛び出すと頭を押し付けてずりずりと動かした。

「みゃお？　何をしてるんだ？」

『あ、掴むな、バカ』

段ボールの端を掴んで止めた龍崎の手をぺしっと払う。

頭で押したり、口に咥えて引っ張ったりする実弥央に、ようやく龍崎も移動させようとしていると気づいた。

「もしかして場所が嫌なのか？」

『そうだよ、わかったら移動させろってば！』

「部屋の方がいいのか？」

『もっと問題あるわ！』

部屋に持ち込もうとする龍崎の前に回り込んで激しい威嚇で阻止する。

「違うのか……」

『なんで悩む必要があんだよ、トイレなんだからトイレに持ってけばいいんだって！』

「あとは…………狭くなるがトイレか」

『そうそうそう』

試しに……、とトイレに置いた龍崎に、それで正解だと足にくるりとしっぽを懐かせる。

龍崎は多少使いにくいかもしれないが、邪魔なら自分がトイレに入る時は段ボールを外に出せばいい。

　このアパートのトイレは引き戸だ。中に入れば実弥央でも戸を閉めることができる。これでやっとあの強い視線から解放される。

　戸の向こうからは「閉められるのか……賢いな」という声が聞こえた。

『だからマナー！　あっちに行けって！』

　そこに佇まれるのも嫌で、トイレの中から威嚇して追い払う。遠のいた足音に、ようやく落ち着いて腰を下ろした。

　トイレで用を足せることに、ここまで感動する日が来るなんて思ってもいなかった。


　龍崎が家を出たのは、普段の実弥央が起床する時間だった。

　ずいぶん早い理由はスーツに着替えながら龍崎が教えてくれた。交番勤務でも直接交番に行くのではなく、警察署に出勤してから配属の交番に行くのだそうだ。どうりで一度も出勤する龍崎と時間が重ならないわけだ。

（まあ、言われてみれば隣から制服姿のお巡りが出て来て、職場に向かわれても変だよな）

　オーソドックスな白いワイシャツに濃紺のスーツ、それに青のネクタイ。

制服姿の龍崎を見慣れている実弥央からすれば、こちらの方がコスプレじみていて不自然に感じる。スマートフォンが手元にあったら隠し撮りしたのに、と警察官の前で不埒なことを考えた。

「事件がなければ七時までには帰れると思う。トイレのドアは少し開けておくし、ごはんは茹でた鶏肉とキャットフードを用意してある。腹が減ったら食べてくれ」

姿見の前でネクタイの形を整えながら龍崎が話しかけている相手は、言うまでもなく鏡の隅っこに映っている猫だ。猫相手でも生真面目に説明するのが、なんとも龍崎らしい。

「着替える前に抱いておけばよかったな」

じっと着替えを見つめていた実弥央を見下ろし、心底残念そうに言われた。そのかすれ気味な声は鼓膜をくすぐるようで、朝っぱらから腰に来る。

『けっこう性質悪いよな、お前』

一昨日からの猫生活で知ったが、他意のない発言なのに低めの声と言い方に色気がありすぎる。

これを誤解した女は大勢いることだろう。

「それから……このアパートだが、本当はペットが禁止されている。みゃおを匿っていると大家に知られたら問題になる。だから鳴いたり外から見つかりやすい所にいたり、目立つ行動を控えてくれると助かる」

『わかってる。見つからないようにしとくから』

「不便を強いてすまない、行ってくる」

『ん、いってらっしゃい』

　玄関まで見送ってやると扉が閉まりきる直前に舞い戻った龍崎が頭をひと撫でして甘く笑った。ぴるるっとしっぽが震えたのはバレてしまっただろうか。

　一人になった実弥央は素早くベランダの窓に移動した。デスクに飛び乗り、アパートの敷地から出ていく龍崎の背中を見送った。でもその後は言いつけを守って窓辺には近づかないように離れた場所に座る。ベランダの柵があるから、今みたいにデスクに乗りでもしない限りは、外から見つかることはないけれど、念のためだ。

　実弥央用に用意されたごはんは湯がいて細かくほぐした鶏の胸肉と、別の餌皿にキャットフードのカリカリ。食べないと知っているのにこれを用意したのは、長時間出しておいても傷む心配をしなくていいからだろう。

　好奇心でにおいを嗅いでみたら、肉っぽい匂いがした。昨日のマグロ味よりは美味しそうだ。とはいえ食べるつもりはないけれど。

　ふた口ばかりほんのりと温かさが残る鶏肉をつまみ食いして、ベッドのど真ん中に寝っ転がった。

　猫になって気づいたことだが、足をおっぴろげてぐでーんと仰向けに寝るのは、かなり楽で気持ちがいい。

（目立つ行動を控えろって言ったのはあいつだからな）

その言葉を免罪符に、我が物顔でシーツの上を転がる。フロアワイパーの他にコロコロクリーナーを所持しているのは確認済みだ。シーツが猫の毛だらけになったってあれで取ればいい。

龍崎の匂いがたっぷりとしみついた場所に、背中をこすりつけるようにくねくねと転がって自分の匂いを移す。これは猫の本能なのだろう、うまい具合に上書きできるとたまらない達成感があった。

ロンの予想した通り、昼を過ぎた頃から柔らかな雨が静かに降り始めた。しとしとと葉が、土が、世界が濡らされて濃く匂い立つ。だからなのか花の香が晴れている時よりも鮮明だ。どこで咲いているのか、その在り処を探りたくなる。

実弥央はうつぶせに体勢を変えて空を見る。雨雲にしては薄くて明るい。きゅうぅっと瞳孔が糸のように細くなるのを感じた。眩しさがやわらいで細部が明確になる。風は弱いらしく雲のうねりは穏やかだ。すぐに止みそうに見えるけれど、水のにおいが途切れる気配はないからきっと今日は一日中降りっ放しだろう。ロンが訪問を断ったのも頷ける。この雨の中、出歩くのは人間くらいだ。

（さむ……）

龍崎は空調を入れていってくれなかったらしい。あるいはここまで気温が低くなるとは思っていなかったのか。足元で角を揃えて畳まれている布団の中にそそくさと潜り込む。

人間でも猫でも布団の偉大さは変わらなかった。自分と龍崎の匂いが充満しているぬくぬくとした布団の中は天国みたいだった。体が勝手に丸まって、たっぷり寝たというのにまた睡魔がやってくる。

会社ではそろそろ誰かが実弥央の無断欠勤について話題に出す頃合いか。最初に「木谷はどうした」と言い出すのは誰だろう。

経理ソフトをまともに扱えなくて何かと仕事を押しつけてくる課長だろうか。それともいつもミスをメールで報告してくる後輩だろうか。有給を取った翌日に休んでしまう申し訳なさはもちろんある。

でも残念ながら木谷実弥央は絶賛猫に変異中。電話は繋がらないしメールの返信も打てない。キーボードも……打てなくはないがスピードは亀並。悪いが猫の姿になってまで手を貸す気はない。

たまにはあいつらだって尻拭いを自分ですればいいんだ。

てしてしとしっぽの先でシーツを叩いて、今度は空腹で起きるまで寝ていようと目をつぶった。

しとしとと雨の音が周囲を包み込んでいた。駅からの慣れ親しんだ道を歩きながら、実弥央はこれは夢だと気づいた。だって視線が高い。車が通り過ぎても排気ガスの臭いは鼻につかず、咲き始めた梅の花は手を伸ばせば届く近さにあった。

たった数日なのに、ずいぶんと猫の目線に慣れてしまった自分がおかしい。

傘をパラパラと濡らす雨はビニールのアーチを滑り落ちて足元に散っていく。

髪がうねるから雨の日は好きじゃない。でもこの日は妙に上機嫌に雨を楽しんでいたのを覚えている。

ああ、そうだ。これは過去の夢だ。

黄色いレインコートを着た子供が水たまりで遊んでいるのも、女の子が風に飛ばされてしまった赤い水玉模様の傘を通りすがった高校生の男の子が拾ってあげたのも、あの日とまったく同じだ。

それならきっとこの後は……。

のんびりと歩く自分は知らないけれど、知っている。

やはり角を曲がったコンビニエンスストアの前に龍崎はいた。

あの日そうしていたように、自分の傘を泣いている少女に渡してあげていた。これから友達の家に遊びに行くのに、自分の傘が壊れてしまって途方に暮れていた少女だ。小さな手のひらで零れた涙を拭った少女が龍崎にお礼を言って、実弥央の横を弾むように駆けて行った。少女を見送っていた龍崎と目が合う。

「木谷さん、こんにちは」

雨のカーテンの向こうから深く染み込むような声が届く。

「どうも。今日は休み？」

雨に潤されたおかげなのか、つっかえることなくそう返せた。

外で私服の龍崎を見るのは隣人だと判明した日以来だった。頷いた龍崎が新しい傘を求めてコンビニエンスストアに入って行こうする。

「家に帰るんなら入ってく？」

言ってから俯いて「どうせすぐそこだし、もったいないだろ」と言い訳を付け加えた。返事をもらうまでの間、実弥央は水たまりに映るコンビニエンスストアの青と白のロゴが雨粒に砕けては揺らめくのを見つめていた。

「なら、お言葉に甘えさせてもらう」

パシャンと龍崎のスニーカーがそれを蹴散らした。

「持とう」

身長は龍崎の方が頭ひとつ分高い。傘のハンドルを実弥央の手から龍崎が抜き取る。掠めた指の体温が冷えた肌にいつまでも温もりを残す。

狭い傘の中で、濡れないようにと身を寄せ合って歩く。雨と一緒に少し高みから落ちてくる龍崎の声に、寒い日だというのに耳はじんわりと熱を持った。

「実は家にビニール傘がいっぱいある。増やさずにすんでありがたい」

「家出る時に降ってなかったら持ってかないタイプ？」

「それもあるが、一種の職業病かもしれない」

「職業病？」

「ああ、警察官は職務中に傘を使わないから、どうも意識から外れがちになる」

言われてみれば、お巡りさんが傘を差している姿を見たことがない。そのまま話の流れで、交番勤務は三交代制であることも教えてもらった。

「早朝や真夜中の出入りで迷惑をかけていないといいんだが、平気だろうか？」

「むしろ生活スタイルが全然読めなくて、ずっと不気味だったな」

「そうか。それならよかった」

不気味だなんて失礼な言い方をしてしまっても、龍崎が気を悪くした様子はない。迷惑をかけていないと知ってむしろ嬉しそうだ。

「そういえば木谷さんに教えてもらったマッサージ、役立ってる」

「……え？」

睫毛が長いな、と見惚れていたせいで聞き逃してしまった。

「ストレスに効くって教えてくれたやつ」

器用に薬指だけを折って、右手を掲げられる。あんな些細なことでも役立っているなら嬉しい。指を揉む度にもしかしたらちょっとは自分のことを思い出してくれているのかもしれない。

「煙草、吸ってないんなら良かったな」

「ああ、おかげで」

五分もかからない道のりはあっという間に終わってしまった。畳んだ傘の水滴を丁寧に払って返される。

「ありがとう、助かった」

「別に、単なるついでだし」

雨に降られない場所に来てしまえば、隣人の距離に逆戻りだ。雨に囲われていた時には届いていた息遣いもかすかな整髪料の香りももう分からない。

それじゃあ、と別れて家に入る。

靴も脱がずに実弥央はさっきまで龍崎が握っていた傘のハンドルに触れた。ごつごつと骨ばった大きな手のひらのぬくもりがまだ残っていた。たったそれだけのことがたまらなく幸せだった。

惰眠（だみん）を貪り続けた実弥央は、感じ取った気配にぱちりと目を開けた。体勢は丸まったまま変えず五感を研ぎ澄ます。何も感じない。でも胸の辺りがそわそわする。それを無視してはいけないと強烈に思う。

やがて足音が聞こえてきた。歩き方にも個性が出る。近づいてくる足音は大股で、なのにきびきびと運びが早くて迷いがない。龍崎の足音だ。

すぽっと布団から頭だけを出してぴんと耳を立てる。壁にかかった時計はまだ四時を過ぎたばかりだ。龍崎が出掛けに言った時間よりずいぶんと早い。

一瞬、よく似た別人だろうかとも考えた。でも外向きに動いた耳が、足音を龍崎のものだと確信する。出迎えに行こうと半身を布団から出して、やっぱり気が変わって布団の中に戻った。家に帰ってきたのではないかもしれない。出迎えに出て、もしドアが開かなかったら虚しい。

だがその心配は杞憂（きゆう）に終わった。家の前で足音が止み、金属のこすれる音がしてドアが開く。

「みゃお、いるか」

遠慮がちにかけられた声も聞き間違えようはなく龍崎のものだ。

「みゃお」

『どうしたんだよ、こんな時間に』

布団からしゅぽっと顔だけ出して応える。

「みゃお。寝てたのか」

玄関から部屋を覗き込んでいた龍崎の声が、さっきよりもあからさまに柔らかくなった。

龍崎は制服姿だった。雨は止まないまでも霧雨程度に弱くなったのか雨具は身につけず、制帽に雨避けを付けているのみだ。

「みゃお」

玄関先で膝をついた龍崎に手招かれた。

文句を言いながらも一直線に龍崎の胸に飛び込んでいく。スーツも似合っていたけれど、やっぱり龍崎は制服姿が一番カッコいい。

『俺は犬じゃねーんだぞ』

興奮のまま、実弥央は龍崎の頬を舐めた。あんなに恥ずかしかったのに、実際にやってみるとしっぽを巻きつけるのと大差ない。息を飲んだ龍崎がじわりと笑みを深くする。まるで夜を封じ込めたみたいな瞳に自分の姿が映り込んでいる。もちろん猫だ。それなのに不思議と違和感はなかった。ただこの近さが嬉しい。

「案外……」

ぼそりと龍崎が落とした呟きは上手く拾えなかった。表情と声音から好意的な意味には違いないから、実弥央は気にしなかった。日に焼けた健康的な肌はほのかに太陽の味がする。でも雨に濡れていて冷たい。少しでも温めてやりたくて、肩にしがみついて熱心にさりさりと頬を舐め続けた。

龍崎もやめろとは言わない。

「……途中なんだが、様子が気になって立ち寄った。すぐに戻らないといけないが問題なさそうだな」

どうやら警邏の途中のようだ。

「昨日も空き巣があって飼い猫が怪我をしたらしい。もし不審者が来てもみゃおは騒がずに隠れているんだぞ」

『ガキじゃないんだから、心配しすぎだって』

言いながらも舐めるのはやめない。背中を撫でる龍崎の手にくるりとしっぽが巻きつき、耳が塞がりそうなくらいに伏せる。龍崎もこのまま仕事なんてサボってしまえばいいのに。

その時だった。龍崎が目つきを険しくして立ち上がる。

『なんだ、どうしたんだよ?』

玄関の前を通り過ぎて奥へ――実弥央の部屋に向かう足音がした。舐めるのに夢中で気づかなかった。

誰かが自分を訪ねてきた。

実弥央は呑気(のんき)に宅配業者か宗教の勧誘かなと思ったけれど、龍崎は違った。

実弥央を腕に抱いたまま、勢いよくドアを開ける。

「木谷さ……――っ！」

龍崎は実弥央が帰ってきたと思ったのだ。ドアを開けて呼びかけた名前が途切れる。

『あ……っ』

そこにいたのは鶴来だった。スーツに鞄を持ったいでたちからして、外出ついでに寄ったのだろう。隣町の駅ビルに出店予定があって鶴来はそこを任されることになったと言っていた。

インターホンを鳴らしても応えがなかったからか、ドアノブをガチャガチャと上下させて、磨りガラスの小窓から中を覗いていた。

「……………失礼ですが、そこで何をされてるんですか」

龍崎が発した誰何(すいか)の声がぞっとするほど低い。かすかに殺気まで纏っているように感じる。

片や鶴来は、警察官に質問をぶつけられたというのにのんびりと構えている。ちらりと部屋番号のプレートに視線を向け、次いで頭からつま先までじろじろと龍崎を見た。にぃっと唇に笑みが広がる。額にかかる前髪を払う気障(きざ)な仕草は、鶴来に好意的を持つ相手には様になると感心させるが、悪意を持つ相手には厭味(いやみ)ったらしく映る。それは鶴来流の挑発だ。

「それは職務質問ってやつですか、お巡りさん？」

「質問にお答え願えますか」

「それとも個人的な質問、だったりしますか？」

こういう時の鶴来は人を従える立場を当然として生きてきた人種なのだと痛感する。見下しているのとは違う。でも上に立つ者の風格が、相手を威圧する。

とはいえ龍崎もそれに気圧されるような腰抜けではない。正義の番人として一般人は知ることのない危険な場面をいくつも経験しているのだろう。むしろ眼光が鋭さを増していた。

龍崎は昨日も空き巣被害があったと言っていた――そういえば先日のメールでも戸締りに気をつけるようにと書いていた。どうやら鶴来をその窃盗犯ではないかと疑っているらしい。

（なんなんだよ、この空気……）

二人の素性を知っている実弥央からすれば、西部劇の決闘かと突っ込んでやりたくなるほど黙って睨み合う二人は滑稽だ。

「なんて……、冗談ですよ」

先に剣呑さを引っ込めたのは鶴来だった。朗らかに肩をすくめ、軽薄なウィンクを送る。

「友人です、実弥央の。あ、免許証見ます？」

やけに強調して「実弥央」と名前を言われる。ぴくりと龍崎が眉を跳ねさせた。

「お見せ願えますか」

「はいはい、どうぞ」

「拝借します」

鶴来が財布から取り出した免許証を龍崎がじっくりと検める。

「龍崎さんですよね？　実弥央から聞いてますよ」

『お、おい、健人！　お前なに言うつもりだよ！』

おかしなことを言い出しかねない鶴来に慌てたのは実弥央だ。それまで大人しかった猫が急にみゃあみゃあ鳴き出したのに、鶴来の視線が龍崎に抱かれた実弥央へと向く。

ぐっと腰を曲げて鶴来は実弥央と視線の高さを合わせた。

「………へぇ？」

面白そうに鶴来の眉が上がる。実弥央はぴぴっと耳先を揺らした。

（まさか……俺だって気づいた？）

鶴来は昔から勘の鋭い男だった。それに大のＳＦ好きだ。たらりとこめかみを汗が流れた、ような感覚を味わう。

「かわいい猫だ。龍崎さんが飼ってるんですか？」

「……そんなところです」

　ご協力ありがとうございました、と免許証が鶴来に返される。

「でもこのアパートってペット禁止でしょう、いいんですか？」

「あなたには関係ない」

「まあ、たしかに」

「それで？」

「それで、とは？」

　ちょいちょいとあやすように実弥央の眼前で指を揺らす鶴来に、龍崎は淡々と質問を重ねる。

　きょとんと目を丸くした鶴来が、次いで心底おかしそうに笑う。

「まだ質問に答えてもらっていない。そこで何をしていたんですか」

「別に何ってほどのことじゃないです。仕事で近くに寄ったからついでに様子を見に来たんです」

「実弥央さんなら部屋にはいません」

『え？』

「え？」

　驚きの声が鶴来と重なる。龍崎はいつも「木谷さん」と名字で呼ぶのに、どうして今は名前で言ったのだろう。

　鶴来はつかの間、怪訝そうに眉を寄せ、ははぁーんとにやついた笑みを浮かべた。一人でうんうんと頷いている姿に嫌な予感がする。

「わかりました。留守なら出直すとします」

　壁に立てかけていたビニール傘を開いて、雨の中に出ていく。その途中、わざとらしく振り返った。

「ああ、そうだ。実弥央に傘を返すのはいつでもいいけど、寝れると思うなよって伝えておいてください」

　不可解な伝言を龍崎に託し、鶴来は「では」と笑顔を残して行ってしまった。

（あいつ、絶対誤解したな……）

　鶴来は昨日、実弥央が龍崎と映画に行く予定だったと知っている。龍崎の言動に、実弥央が龍崎の部屋に泊まったと誤解したのだろう。つまり昨日のデートが大成功し、盛り上がってヤることをヤッてしまった、と。そうして初めてのあれでのダメージで無断欠勤、とろくでもない推理をしたに違いない。

　近いうちに、犬飼と二人で根掘り葉掘り朝まで飲み明かしコースで全部吐かせるつもりなのだろう。

（何にもないって言っても信じないだろうな、あれは）

猫らしくない溜息を吐いたつもりだったけれど、案外と猫っぽい鳴き声がこぼれた。

龍崎は鶴来の消えた方向を睨んだままだ。目つきが怖い。威圧感とかそういうのではなく、もっと重苦しい。まるで嫉妬(しっと)してるみたいな目だ。実弥央を抱く腕にも力が入って少し苦しい。

「あいつは、木谷さんの…………」

みなまで聞き取れなかった龍崎の呟きは、ひどくざらついていた。

四日目

その女は前触れなくやってきた。

早朝の六時三十分、来客には早すぎる時刻。軽快なインターホンの音が、不幸の幕開けを告げるベルのように聞こえた。

昨日は鶴来が訪ねてきた後、ほどなくして龍崎も警邏に戻って行った。スーツ姿でスーパーの買い物袋を片手に帰宅したのは当初言っていた通り七時過ぎだった。

今までは何くれとなく実弥央に話しかけてきていたのに口数は少なく、眉間にしわを寄せて考え込むようにスマートフォンを手に取り、何もせずに戻すのを繰り返していた。そばに寝そべる実弥央の背を撫でる手つきは優しかったけれど、心ここにあらず、と丸わかりだ。

何をそんなに考え込んでいるのか知らないが、自分を撫でながら別の考え事をしているのは許せない。べしべしとフローリングを叩いていらつきを見せつけても気づかない。頭に来てひっくり返り、前足で手首をロックして蹴りを何発か見舞ってやった。その時は「こら、痛いぞ」と苦笑してあやしてきたが、龍崎の視線はすぐにまた遠くなった。

十一時過ぎに「もうこんな時間か」と龍崎が風呂に立つ。十五分もかかっていないバスタイムを終えた龍崎は、髪の毛から水滴をぼたぼたと滴らせたまま一直線にデスクに置いたスマートフォンに向かった。ベッドにどっかりと腰をおろしてタオルでがしがしと頭を拭く。乱暴すぎて、ベッドで待ち構えていた実弥央にまで水滴が飛んできて、うぎゃっと目をつぶった。濡れたのはほんの少しだったけれど、嫌で嫌でたまらず、シーツの上を転がって濡れた毛皮を拭った。

なんなんだよっ、と鼻息荒く龍崎を睨む。どうやら通信アプリを立ち上げて実弥央とのトークルームを開いているようだった。メッセージに読まれた痕跡はないはずだ。

ああ、そうか。もう三日も読んでいないことになる。それでこんなに険しい顔をしているのか。

龍崎は指を画面に滑らせた。覗き込んでいた角度が悪かったせいかところどころ文面が読み取れなかったが、今日鶴来が実弥央を訪ねて来たことを報告しているようだった。

《待ち合わせに来なかったのはあの男のせいですか？》

締めくくりに綴られていた一文は送信の直前に削られ、代わりに連絡を待っていると打ち直されていた。

電気を消すといつもすぐに寝ていた龍崎が、この日は組んだ手を頭の下敷きにしてなかなか眠らなかった。一時近くに、ようやく深い呼吸が聞こえてくる。忍び足で見た寝顔は、怒っているみたいに険しかった。

翌朝、龍崎は目覚ましのアラームに起こされると、前日よりもテキパキと準備を終えた。実弥央はその様子を龍崎の温もりが残る布団の中から見ていた。

警察は二十四時間営業だ。こんなに早く起きないといけないなんて大変だ。せめて見送りくらいはちゃんとしてやろうと考えつつも、まだ眠くてうと……と目蓋がくっつきそうになった時、その女はやってきた。

「来たか」

腕時計を確認した龍崎が玄関へと向かう。実弥央は毛を逆撫でんばかりに警戒心を剥き出しにして扉の陰から様子を窺った。

微睡みの中で、カツカツと軽いくせに尖っているハイヒールの音を聞いた。インターホンを鳴らしたのはきっとそいつだ。こんな朝早くから押しかけてくるなんて、なんて常識がない奴だろう。

「おはよー」

「悪いな、朝早くから」

ガンッ、と側頭部をハンマーで殴られた気持ちだった。女は勝手に来たのではなくて、龍崎が呼んだのだ！

女はためらうことなく部屋に上がり込む。龍崎は止めない。それどころか歓迎している。

実弥央は嫌だった。もうただひたすら嫌だった。

知らない女が勝手知ったるとばかりに龍崎の家にいるのが許せない。ここは自分と龍崎のテリトリーだ。

「あっ、あの子が例のねこちゃん？」

「そうだ」

唸り声を上げ全身の毛を逆立てて牙を剥く。縄張りを踏み荒らす奴がいたら追い払わなければならない。そうしないと居場所を奪われるのは自分だ。獣の本能が膨れ上がる。低い体勢でフローリングを踏みしめる前足の爪は女を見てから出っぱなしだ。実弥央はフシャーッ、と威嚇した。

だが女は怯まない。逆に龍崎が「どうした？」と初めて見る実弥央の攻撃的な姿に驚いて駆け寄ってくる。

『誰だよ、そいつ！』

誰かなんてわかっていた。こんな朝早くに迷惑も顧（かえり）みず呼びだせる相手。それでも来てくれるだろうと信頼している相手。「例のねこちゃん」と実弥央の存在を知っている相手。龍崎が初日に相談をしていた相手。何度も噂で聞いた相手。学生時代からの付き合いだという恋人だ、きっと。

ゆるく巻いたボブヘアーがよく似合っている。眉とリップを塗っただけのメイクでも目鼻立ちがくっきりとした美しい女性だ。年は龍崎と同じか少し上だろうか。十人いれば十

人が美人だと答えるだろう。「そうでもないだろ」と言うのは実弥央だけだ。

せっかく猫になって短い夢を味わっているというのに、こんな形で現実を見させられたくなかった。

「こんなに興奮したことはなかったんだが……」

牙と爪を隠さない実弥央に困惑した龍崎が、眉尻を下げて女に謝る。

『追い返せよ！』

龍崎の後ろから、「それ以上入ってくるな！」と言ったのに、女はころころと楽しげに笑ってスマートフォンを構える。カメラだ。撮られたくなくて実弥央は龍崎の足に隠れた。

「わ、ホントにその子、達也に懐いてるじゃない」

しっぽくらいしか見えていないだろうに、カシャカシャと連写している音が聞こえる。

（今、達也って言った……）

「夕実、みゃおが怯えてる。やめてくれ」

そして龍崎も、女を名前で呼んだ。しっぽが丸まり足の間に隠れる。落ち込んだだけだったけれど、傍目には怯えているように見えたらしい。

でもそっちの方がいい。名前で呼び合っているのを聞いただけでこんなに落ち込んでいるだなんて知られたくない。「怖かったか？」と実弥央を龍崎が抱き上げる。スーツだと毛がつくから、と昨日は頭を撫でるだけだったのに抱き締めてとんとんと背中をさすってくれた。

　ぎゅっと肩にしがみついて実弥央は龍崎の頬を舐めた。ちょっとでも自分の匂いをつけておきたかった。

「猫カフェで総スカンを食った達也に懐く猫が現れるなんてねー……」

「夕実」

「はーい、撮りません」

　責めるように名前を呼ばれた女はくるりと龍崎の背後にまわり込んだ。目が合ってしまって、実弥央は急いで顔を背ける。

「おはよう、みゃおくん。鴨井夕実です、達也が仕事の間は私と一緒にお留守番してようね」

『そんな……っ』

　ショックだった。龍崎からは何も聞いていない。今までは猫相手でもちゃんと全部教えてくれたのに。

（しかも……、しかもこの女と一日中一緒にいろっていうのか？）

　自分でも驚くほどに感情が制御できない。

　嫌だ。嫌だ。この女は嫌いだ。嫌い、きらい、キライ。いやだ、きらい、いやだ。いやだいやだ。

癇癪を起して四肢をばたつかせる。

「みゃお……っ？」

龍崎の胸を蹴って床に下り、ベッドの下に潜り込んだ。

「みゃお、どうした？」

出て来てくれ、としゃがみこんだ龍崎に手を伸ばされたけれど、実弥央は縮こまった。嫌だ。鴨井が――その女がいる間は出ていきたくない。姿を見たくないし、声も聞きたくない。匂いも気配も嫌だ。留守番なら一人で出来る。追い返してほしい。追い返せよっ。

「達也、そういう時は無理矢理引っ張り出さない方がいいから」

出ていきたくなかったからホッとする。でもそれが鴨井のアドバイスだと思うと腹立たしかった。

「首のところ怪我してるんだっけ？　なんか嫌なことでも思い出しちゃったのかな？」

「どうだろう、もう傷は塞がってずいぶんと治っているんだが」

「今日は私が来られたからいいけど、毎回は無理。みゃおくんを今後どうするの？」

「医者は迷い猫だろうと言っていたが、いまだにそれらしい情報はない。ここはペット禁止だ。怪我が治っても飼い主が見つからないなら、里親を探そうと思ってる。美人だからな、きっとすぐに見つかる」

美人だと褒められてもちっとも嬉しくなかった。明後日には人間に戻る。猫のみゃおはいなくなる。だから龍崎が里親探しをする必要はない。それでも龍崎から別れをチラつかせられると悲しかった。

　猫になってもお前なんていらない存在だと言われた気持ちになる。

「絶対手放しがたいわよ」

「ああ……」

「あちゃー、もう十分メロメロなんじゃない」

　実弥央はちょっとだけ体勢を変えて、二人の様子を盗み見た。見て、見なきゃよかったと後悔した。猫の毛で白っぽくなったスーツに鴨井がコロコロクリーナーをかけていた。距離の近さや妙にお似合いな構図、自然体な様子の全部にショックを受ける。

「そういえば映画はどうだったの？」

「…………」

「んんん、その沈黙は何よ、うりゃっ、白状しなさい！」

　話題が猫の実弥央から、人間の実弥央へと変わる。映画を観に行く約束をしていたことまで、龍崎は鴨井に伝えていたらしい。

　黙りこくった龍崎の首に鴨井が腕を回す。龍崎の耳先が赤くなったのを実弥央は見てしまった。

　なんにも見たくないし聞きたくなかった。壁に顔を向けて、耳をせいいっぱい伏せる。

本当は手で塞ぎたかったけれど、猫の手では出来なかった。聞きたくないと強く念じると、二人の言葉が宇宙人のしゃべる言葉みたいになった。必死に気を逸らしたおかげなのか「映画」とか「電話」とかわかりやすい単語以外は意味を解さない言葉になって流れていく。それに少し安堵した。

じっと気配を消す実弥央に、龍崎がもう一度しゃがみこんで声をかけてきた。

「メシは時間になったら夕実が出してくれる。良い子でな、みゃお」

いってらっしゃい、と鴨井が玄関先で龍崎を見送る。「いってきます」と龍崎が返す。見送りたかったのにその役目を奪われてしまった。

どうしようもない悲しみが押し寄せてきて、実弥央は何度も目をしばたいた。胸が針で刺されたみたいに痛かった。

龍崎が出ていった後も、鴨井は無理に実弥央を引っ張り出そうとはしなかった。病院を紹介したくらいだし、猫を飼っているのかもしれない。扱いに慣れている。まるで一人で過ごしているかのようにクッションを抱きしめて座り、のんびりとテレビを見ていた。

実弥央はじっと息を潜め続けた。「みゃおくーん、ごはん用意できてるよー」と言われても食べにいかなかった。自分の家みたいに鴨井が寛いでいるのが気に食わない。ビールを勝手に飲むのも、食材を勝手に料理するのも、きっと作ったおかずには龍崎の分が含まれているのも、二人の関係をいちいち自慢されているみたいに感じた。

夕方になると「ちょっと出かけてくるね」と声をかけて鴨井は出ていった。足音が完全に聞こえなくなるまで待って、そろりとベッドの下から出る。

（合鍵、渡してるんだ……）

鴨井は時々こうして留守の家に上がって食事を作り、龍崎の帰りを待っていたりするのだろうか。そう考えると、実弥央に与えられたクッションも彼女が持ち込んだ物なのかもしれない。必要最低限の物だけをシンプルに揃えた龍崎の部屋で、その空色のクッションだけ妙に浮いている気がする。

空腹を覚えてもいいはずだったけれど、食欲が湧かなくて実弥央は水だけ舐めた。

雨は降っていないが空には灰色の雲が垂れ込め、湿気の多い空気は肌に纏わりついてくるようで不快だ。毛皮を重たく感じてたまらなかった。

ロンは今日も来てくれないのだろうか。ちょっとでいいから話を聞いてほしかった。今は猫だからロンが言う言葉も理解できる。「またあの人間の話か」って呆れられてもいいし、「やめちまえよ、そんな奴」って言ってもらうのもいいかもしれない。

『あれ、見ない顔だ』

ロンの姿を求めてぼんやりと窓の外を眺めていたら、ひょいっとベランダの柵から顔を覗かせたキジトラの猫に話しかけられた。びっくりして目を真ん丸にしたまま固まってしまう。

『最近、来たのかい？』

『そうじゃない、けど……今はここにやっかいになってる』

すたん、と柵を下りて近寄ってくる。動物病院では他の猫の言葉は理解できなかった。このキジトラもロンみたいに特別な猫なのだろうか。

『ふうん、良かったら出てこない？　ここらへん、案内してあげてもいいよ』

『いや……俺は』

語尾を濁した実弥央に、キジトラは同情をはしばみ色の眼に浮かべた。

『ああ、出られないのか。それじゃあ仕方ないな。また今度、窓が開いてる時に――……っ』

言い終わらないうちにキジトラがベランダを飛び越えてどこかに行ってしまった。

ゆらりと人影が近づいてくる。実弥央も急いでベッドの下に隠れた。誰かがベランダから覗き込んでいる。掃除に来た大家かもしれない。息を殺して身を潜める。そう長い時間を待たず、気配は遠ざかっていった。

（大丈夫だったか……？）

マメな大家でこまめに清掃してくれてありがたいと思ってきたけれど、人の部屋を覗くなんてちょっと気持ちが悪い。人間の姿なら出ていって文句のひとつも言ってやるのに。

窓の端っこから敷地を出ていく小太りな後ろ姿を睨んだ。

（まあ、いいや）

どうせ今日は鴨井が帰るまで引き籠もっているつもりだった。クッションに敷かれているタオルの端を咥えて、ずるずるとベッドの下に引きずり込む。ふかふかとした柔らかさはちょっと物足りないが、無いよりはずっと居心地がいい。

鴨井はコンビニエンスストアに行っていたらしい。ぶら下げたビニール袋からピザまんの匂いがした。冬場になると実弥央も週に一度は食べるくらい好きだったけれど、鴨井が持っているせいか美味しそうな匂いには感じなかった。彼女は腰を下ろす前に餌皿を確認する。

「うーん、部屋にいなくてもだめか……」

コンビニエンスストアまで出掛けたのは、実弥央が出てくるよう仕向けるためだったようだ。

(だったら絶対出ていかない)

思い通りになんかなってやるものか。

夕方になるとさすがに鴨井も痺れを切らして「みゃおくーん、出ておいでよー」とネズミを模した毛玉のオモチャを突っ込んできたけれど、実弥央は目を開けもしなかった。外がとっぷりと暗くなる。それでもまだ龍崎は帰ってこない。代わりに鴨井のスマートフォンが鳴った。

「もしもーし。うん、まだいるよ。なに、みゃおくんのことが心配でかけてきちゃったの？　達也って案外、心配性だよね」

龍崎の声は聞こえない。鴨井の耳障りな声だけが延々と続く。

「みゃおくん……ごはん……、でも…一時間……戸締り…」

一方の内容しかわからない途切れがちな単語を組み立てると、鴨井は実弥央がごはんを食べていないことを報告し、龍崎は戸締りを確認するようにと言っているようだった。

どうやら今夜は帰ってこないらしい。そういえば交番勤務は二十四時間を三交代制で回す特殊な勤務形態なのだと、以前に教えてもらったのを思い出す。日勤、当番、非番を繰り返し、当番は朝から翌朝までの勤務になる。龍崎が当番だとしたら、帰宅は明朝だ。

鴨井は泊まって行くのだろうか、そうしたら龍崎のベッドで寝るのかと嫌悪感が募ったけれど、あと一時間もしたら帰ると話しているのが聞こえて、くふぅんと実弥央は安堵の息を吐いた。

（それで人を呼んだのか……）

やがて龍崎に言われた通り、戸締りを確認して鴨井は帰っていった。カコン、とドアの郵便受けに硬い物が落ちる音がした。見てみると中には鍵が入っていた。この部屋の鍵だ。鴨井は合い鍵を持っているのではなく借りていただけだったようだ。

実弥央は後ろ足で立つと郵便受けに頭を突っ込み、鍵を咥えて出した。狩りで仕留めた獲物を誇るように胸を張って部屋に戻る。ベッドに乗り、せっせと枕の下に隠して、龍崎の合い鍵を持っている気分を味わう。
大事な宝物を守るように、実弥央はその夜、枕の上で丸くなって眠った。

五日目

龍崎が帰ってこない。

実弥央は暗い室内をうろうろとしていた。ベランダのシャッターが閉められているせいで外の様子はわからない。でもキッチンの小窓から差し込む太陽の光はすっかり昼のそれだ。

もしかして何か事件が起きて帰れなくなったのだろうか。

非番でも大きな事件があれば呼び出されるし、帰れなくなると言っていた。そうだ、きっと事件があったに違いない。そうでなければ龍崎がまったく姿を見せないのはおかしい。だって猫のことが気になって警邏の途中に立ち寄ったり、一日中留守番させるのは心配だからと人を来させる可愛がりようなんだから。

ただ待つことしかできない自分がもどかしい。歩き回っても龍崎の帰宅が早まるわけではない。それでも一ヵ所に腰を落ち着けることはできなくて、クッション、ベッド、玄関マット、キッチンカウンター、トイレの便座の上、またクッション……。ぐるぐると巡る。それが何巡目を迎えた時だったか。電流が背筋を走った気がした。ピリッと緊張が耳を尖らせ、鋭い聴覚で実弥央はその足音を捉えた。

いつもに比べて踵を引きずり気味だが聞き間違えたりはしない。

(帰ってきた！)

一目散に玄関まで飛んで行って、ドアが開くのを待ちきれずカリカリと引っ掻く。

『なにもたもたしてるんだよ、早く開けろってば！』

ドアの向こうに龍崎がいる。それなのにガチャガチャ鍵穴を鳴らすだけでなかなか入ってこない。にゃーにゃーと鳴いて急かす。

ようやく鍵が開いて、ギ…と蝶番が油の足りない音で軋む。

『おかえ…っ、ぎゃ！』

可愛らしい出迎えの鳴き声がぶみゃっとぶさいくな悲鳴に変わる。

ドアを開けた龍崎がぐらりと実弥央の上に倒れ込んできた。どうにか間一髪で飛び退き、潰されるのを回避する。

『うわっ、酒くさ……っ！』

龍崎の全身からぷんぷんとアルコールの臭いがする。まだ昼間なのに。一体どれだけ飲んできたんだ。

『飲んだくれて帰りがこんなに遅くなったのかよ』

大きな事件が起きたのかもしれないって心配したのにっ！　やきもきと帰りを待っていたのがバカみたいだ。

実弥央は頭に来て後頭部に一発、猫パンチをお見舞いした。龍崎が呻き声を上げる。持ち上がった顔は少々目蓋が腫れぼったくなっていたが顔色は一切変わっていない。こうまで酒臭くなかったら酔っているとはわからないだろう。

近眼の人みたいに龍崎が目を眇める。

『いつまでも玄関で潰れてないで、寝るならベッドまで行けよ』

残念ながら猫の体格では龍崎をベッドまで運ぶのは、引きずってでも無理だ。とにかく寝てしまわないように声をかけて急き立てる。ほら、早く！　とネクタイを咥えてぐいぐいと引っ張る。

龍崎の表情はますます怪訝なものに変わった。

「………木谷、さん？」

龍崎が、――そう呼んだ。

ぐらん、と一瞬視界が回る。

「へ……っ？」

喉から声が出た。猫の鳴き声ではなく、人間の声だ。口からぽろりとネクタイが落ちる。視線を下げると、肌色のすらりと伸びた足と、最近密かに気になっていたうっすらと脂肪がつき始めた腹が見えた。どちらも見覚えがある、木谷実弥央の足と腹だ。

「えっ⁉」

何が起きたのかにわかに信じられず、自分の両手を見る。指がそれぞれ五本ずつ。ぷにぷにの肉球はなくて爪も丸く切り揃えた人間のそれになっている。

(戻ってる！)

衝撃に再び貫かれた瞬間、ヒュンッとしなったものがフローリングをパシンと叩いた。視界の隅でふるりと毛並みの良いしっぽが揺れた。出所を追いかければ、それは実弥央の尻から生えていた。

「なん……っ」

一体、何がどうなってるんだ！

混乱を煽るように頭の上で何かが揺れた。それも左右ふたつ。まさか、とそろりと手を伸ばす。そこには自分の猫っ毛よりもさらにふわふわで柔らかい毛に覆われた尖った耳。しっぽだけじゃない。頭には猫の耳も残っていた。

わからない。なんにもわからない。なんで猫が実弥央だってわかったんだ。なんで人間に戻ったのにしっぽが残ってるんだ。なんで素っ裸で——。

「木谷さん、なんで裸なんだ」

実弥央はハッと息を飲んだ。パニックで龍崎の存在を本気で忘れていた。

実弥央と見つめ合っていた龍崎の視線が下へと向かう。

「み、見んなばか！」

「う……っ」

顔面を蹴っ飛ばして実弥央は逃げた。

本当は自分の部屋に逃げ帰りたかったけれど、裸だ。誰かに見られるかもしれない外になんか一瞬でも恐ろしくて出られない。その前に家の鍵がないから入れないのだが、そんな冷静に考えている余裕はなかった。とにかく外はだめだ。露出狂の烙印を押されてしまう。しかも猫のしっぽを生やした素っ裸の男なんて変態の汚名も追加になる。

外に出られないなら中に逃げるしかない。

だったらトイレなりバスルームなりに逃げ込めばいいのに、あろうことか実弥央が逃げ込んだのは龍崎のベッドだった。布団を頭から被って隠れたつもりになったのは、猫だった感覚が残っていたからかもしれない。

「あっ！」

すぐさま追いついた龍崎に布団がむしり取られる。そのうえ馬乗りになって両腕をシーツに縫い止められた。

「離せよ！」

もがいても犯罪を取り締まる警察官の腕はびくともしなかった。むしろ手首を握る力が強くなって骨がミシミシと悲鳴を上げた。

「どうして木谷さんが全裸で俺の部屋にいる」

真っ赤になって睨む実弥央など気にも留めず、龍崎の視線が肌を舐めるように這う。まるで本当に舐められているみたいな錯覚に肌がざわめいた。胸、臍、薄い下生え、そして性器をまじまじと観察される。

「ああ、なるほど」

落とされた呟きに涙が浮かんだ。

なんでこんな辱めを受けなきゃいけないんだろう。好き好んで裸だったわけじゃないのに。隠したくても龍崎の拘束がそれを許してくれない。恥ずかしいのに、好きな男の視線を浴びた身体は、実弥央の気持ちなんか無視して勝手に熱を上げる。

「み、見るな！　見るなってば！」

実弥央のそこは、龍崎の視線に反応して緩く頭をもたげていた。

それだけじゃない。体温を感じる場所からも、ぞくぞくとした快感が生まれておかしな声が出そうになる。異常なほど過敏になっている。それがよけいに実弥央を困惑させた。

「そういうことか……」

龍崎には似合わないニヒルな笑みが一瞬浮かぶ。

「…ァっ」

スーツを脱ぎもせず龍崎は剥き出しの性器に股間を押しつけてきた。互いのものを擦り合わせるように腰を揺らされた。

「ぁ、ぁ、…ぁっ、やめ…っ」

逃げようと腰を捩じればさらに布地に擦りつける羽目になった。布越しにずっしりと重い龍崎の雄を感じる。

性器を擦られる気持ち良さでうまく頭が働かない。一体、何をされているんだろう。これじゃあ、まるで……、まるでセックスしてるみたいだ。

思った途端、腰がずぅんと重くなって先っぽから先走りが零れた。

「ずいぶんと感じやすいんだな」

目ざとく指摘されて、かぁぁっと頬に血が上った。

「い、やだっ、腰、擦りつけんなっ」

「その割には気持ち良さそうに見える」

「違う、そんなんじゃな、ひぁっ」

くつりと笑いを落とされた直後、すっかり固く育った陰茎を握り込まれた。

「あっあっ、はなし、っ」

自分の声があからさまに甘くなったのが実弥央にも分かった。

緩く擦られているだけなのに、ひくつく鈴口がとろとろと先走りを漏らし、龍崎の手を濡らす。乾いた摩擦音がぬちゅぬちゅと粘った水音に変わる。

「ぁ、あっ、やめ、やっ」

実弥央がそこを他人に触られるのは初めてだった。自分の手とは違う感触、強さ、やり方。あっという間に腹につかんばかりに反り返る。

やめろと言いながら、身体は素直に快楽を貪って腰を揺らめかせる。

「あ、ん、ンンッ」

覆い被さってきた龍崎に唇を塞がれた。ぬるりと潜り込んできた肉厚な舌の動きはなめらかだ。奥に引っ込んで逃げる実弥央の舌をあっさりと捕まえて舐め回し、喉に溜まった二人分の唾液（だえき）を飲み込ませた。

舐めて吸われてつつかれて、頭がぼうっとしてくる。じゅるっと舌を吸われるとしっぽが震えて、ぐりぐりと指先で鈴口を捏（こ）ねられるとぺたんこになった耳先まで痺れた。

突っぱねようと自由になった片手で龍崎の肩を掴んだはずなのに、いつの間にか縋るようにしがみつくだけになっている。

唇の角度を変えられて、はふんっ、と感じ入った息を吐いた。

股間は漏らしたみたいにびしょ濡れだった。にちゅにちゅと龍崎の手が上下する度にいやらしく粘った水音が立ち、糸を引いて垂れた蜜が尻の狭間を伝ってシーツに染みを作る。

「やだ、ヤッ、ア、手…離せ、やめろってばぁ！」

身体がおかしい。つま先までじんじんと火照（ほて）っていて力が入らない。それなのに感覚は鋭くなっていて、ちょっと撫でられただけの些細な刺激にも大袈裟に反応する。やめてと言いながらも、もっと触ってほしくて自分から股間を押しつけてしまい、恥ずかしさに涙が零れた。

「……ぁ?」

その途端、痛いほどに股間を擦っていた手も、しつこく首筋にくちづけを落としていた唇も離れていった。

覆い被さっていた重みが消える。

どうして、とわけが分からず見上げると、眉間に皺を刻み、双眸をギラつかせた龍崎が熱を逃すように深く息を吐く。

「無理矢理は趣味じゃない。木谷さんが本気で嫌なら、しない」

今にも襲い掛かりそうな顔をしてるくせに、龍崎はそれを理性で押し留めていた。真面目にそう言っているから、どうしようもなく性質が悪い。

こんなに肌を火照らせて、弾けそうなほど欲望を膨らませているのに、本気で嫌がってると思うのかよ。

散々昂ぶらされた身体が疼いて震える。もっと触ってほしいとあさましく喉が渇く。でもその為には嫌じゃないと言わなきゃいけない。抱いてくれと、伝えなきゃいけない。

震える唇を開き、やっぱり言えなくてまた閉じる。どうしても素直な一言は出てこない。

「だったら……」

浅い呼吸を噛んで、ずっと掴まれていた腕で目元を隠した。

顔が熱い。耳が熱い。首が熱い。きっと胸元まで真っ赤に染まっている。するりと尻尾が龍崎の腕に絡みつく。

「だったら、さっさとやめろよ……」

突っぱねる言葉とは裏腹に、しっぽはぎゅっと強く巻きついた。

消え入りそうな羞恥に耐えながら反応を待っていたのに、龍崎が動く気配がない。沈黙の後に、短いため息が落とされる。

実弥央はびくっと身を強張らせた。こんな状態でも素直じゃない態度に呆れられたのかもしれない。唇を噛みしめた瞬間、目元を隠していた腕を強引に剥ぎ取られた。

「……――ッ」

目の前に、雄くさい笑みを浮かべた龍崎がいた。

「こんなことをされて、やめられるわけがない」

そのまま呼吸さえ奪うようなくちづけで唇を塞がれた。

再び伸ばされた手は遠慮を捨てていた。触るなと言えば言うほど執拗（しつよう）にまさぐられ、やめろと言えばよけい熱心に舐め回された。それは全部、実弥央が特に感じる場所で肌を震わせずにはいられなかった。

「後ろまでびしょ濡れだな」

「あ、やめぇ…っ、ンぁ」

「ひくついてる。入れてほしそうだ」

からかうとか言葉でなぶるとかではない、淡々と検分するような言い方で後孔に触れた龍崎が、いきなり指を含ませてきた。

「ふにゃッ、ぁ、あンっ」

実弥央が垂らしたぬめりを纏った指は、大した抵抗もなく粘膜の奥に進む。固い指の腹に擦られただけで、はしたない声が天井を叩いた。ひくひくと腹が引き攣る。

気持ち良さが困惑を巻き込んで頭の中を転がっていく。

異物感はあるのに、龍崎の指がナカをやわやわと擦るのが、前を擦られているみたいに気持ちいい。むしろ前を直接擦られるよりずっと気持ちいい。

「あっ……！」

ある一点を撫でられた瞬間、強い電流のような快感が背筋を走った。

「……ここか？」

「ひ、にゃ…ッ、ァ、アッあッ！」

こりゅっと腹側を強く押されて、実弥央は弓なりに背を仰け反らせた。視界が真っ白に焼ける。

ぐりぐりとさらにそこを抉られてつま先がぎゅっと丸まった。性器の先からぴゅくっと濁りの混じったものが飛ぶ。

一度、指が抜かれて入れ直された時には二本に増えていた。あの強烈な場所を二本の指で叩かれてみっともなく鳴かされる。

指が三本に増やされても、後孔をくぐる一瞬、引きつれるような感覚があっただけで痛みはちっともなかった。むしろ圧迫感が増した分だけ快楽も重くなった。

指を曲げて腹側のしこりを引っ掻かれると、鈴口を抉られたみたいに強烈な快感が走る。そこばかりつつかれて、上擦った悲鳴がよだれと一緒に唇から溢れ出る。後孔はまるで犯されるための性器みたいに指を締めつけ、奥へと引き込む蠢（うごめ）きをみせ始めていた。

「イきたいならイっていい。先っぽが真っ赤になって、気持ち良さそうだ。尻の方が感じるのか」

「そ、んなわけ…、ぁ、そこっ、コリコリ、すんなぁっ」

「いつもこうやって尻で気持ち良くなってるのか?」

「し、してない、ぁン、あッ」

「………初めてか」

「ん、んっ」

こくこくと首を振って肯定する。

自分でする時に抱かれる想像は何度もしたけれど、自分の指でも後孔に異物を入れるのは怖くてせいぜいひくつく表面を撫でたくらいだ。

「なら初めてなのにこんなに感じてるってことか」

「知、るかよ、ばか……ッ」

すっかり覚えさせられた弱い場所を擦られて甘ったるい声を上げながら詰る。

「……ずいぶんと都合よくできてるものだ」

「……、……ぁ？」

伏し目がちに吐き捨てて、龍崎は指を抜いた。喪失感に思わず縋る声が漏れる。実弥央のナカでふやけた指先は龍崎自らの股間に伸びた。ボタンが外され少しばかりやりにくそうにジッパーが下ろされる。下着から取り出された龍崎の雄は実弥央の痴態だけで凶悪な大きさに勃起していた。

自分のよりもずっと太くて赤黒く、ぬらりと先走りに光る亀頭はエラが張っている。

散々指で弄られたせいでうっすらと口を開いた後孔に宛がわれたと思った瞬間、それが押し入ってきた。

「ひ、ァ……っ、…はっ」

逃げようとする腰をきつく掴まれて阻まれ、息もつけない圧迫感に腹が埋められていく。

初めて味わう蹂躙は、ぞっとするほど気持ち良かった。

繋がった縁がめいいっぱい広げられるのも、火照った粘膜がぎちぎちに埋められるのも、他人の鼓動が深い場所で響くのも全部気持ち良くて、苦しいと感じたのは最初だけだった。

「……平気か？」

「ひ、ゃっ」

「ん？」

根元まで入れた龍崎が、密着したままぴくぴくと痙攣する耳に囁いた。吐息に柔らかな体毛がそよいで背筋が震える。

「みみ、もとで…しゃべるな、っ」

「ああ、……感じるのか」

「ひゃうっ…！」

涙目での訴えは、齧りつかれるいたずらで返された。「敏感だ」と嬉しそうに笑われて、よけいに感度が上がる。

「っ、……」

思わず締めつけた実弥央に龍崎が息を詰め、くつりと笑う。

「すごく食い締めてきた」

「ぁ、舐め、…なっ、ぁ、ぁっ」

伏せって逃げようとする耳を舌で舐られ、びくびくと全身が跳ねる。龍崎の腹筋に押し潰された性器がよだれを垂らして、ふらふらと揺れていたしっぽが言葉と裏腹にもっとして逞しい腰に巻きついて媚びる。

「動くぞ」

宣言と共に龍崎が縁のギリギリまで退いて、再び奥まで突き入れる。

「あっ…、あん、あっ！」

入っているだけでもじんわりと気持ち良かったのに、擦られるとそれどころではなかった。指なんてくらべものにならないくらい気持ち良くて喘ぎを噛み殺せない。

出ていく時には粘膜が引きずられてぞわりと肌が粟立ち、入れられる時には肉を拓かれてピリピリと電流じみた刺激が背筋から駆け上がる。

どうしようもなく感じる腹のしこりを容赦なく太い雄に捏ね潰されて、触られてもいない前に快感が走る。ろくに堪えることもできず、実弥央は達した。腹に粘ついた精液が飛んで淫靡な性のにおいが鼻孔に流れ込む。

「ああっ、ぁ、……アッ」

吐き出して弛緩した身体が休む間もなくひっくり返された。一度抜かれた怒張に今度は背後から貫かれる。

腰だけ高く上がった交尾の格好での激しい揺さぶりに、尖った乳首がシーツに擦れる。胸を浮かせて逃げようとしたら、隙間に龍崎の手が潜り込んできた。摘まんだ乳首をこりこりと捏ねられて爪で先端をひっかかれると、ピリピリとした快感が胸から全身に広がる。

しっぽの先までぶわっと毛が広がって、耳が忙しなくぴくぴくと動く。

「むね、やだっ……」

強すぎる快感に、枕に埋もれた顔をどうにか背後に巡らせて潤んだ眼差しを向ける。

「そうか」

「あっ、あっ」

ぐちゅっと奥壁を叩かれるのと一緒に、凝った乳首を抓られた。一瞬目の前が真っ白になる。ナカは悦んできゅうきゅうと龍崎の剛直にしゃぶりつく。

口だけの拒絶はあっさりと見破られて、尖った乳首は執拗に弄られた。

吐き出して萎えた前がすっかり硬さを取り戻し、揺さぶられてぱたぱたと蜜を散らす。

ナカを掻き混ぜるいやらしい音と共に、濡れた肌が打ちつけられる衝撃が臀部に響く。

「ひぃあっ！」

カリ、と突然しっぽの付け根を引っ掻かれた。途端にビリビリと強烈な愉悦が背筋を駆け上がった。

「猫はここが気持ちいいと聞いた」

荒い息を吐いた龍崎が嬉しそうに言い、さらに付け根を引っ掻く。

「ぃやっ、あ、にゃっ、ぁっ、ああっ」

ナカを揺さぶられながらの強烈な愉悦の追い討ちに、びゅるりと白濁が飛んだ。

「く、――っ」

奥深くを龍崎の吐き出した欲が熱く濡らす。龍崎も気持ち良くなってるんだと思うと嬉しくて、広げられた後孔がひくひくと伸縮する。

出し終わっても龍崎のものが抜かれることはなく、そのまま揺さぶられ続ける。

「アッ、だめ……ィッたばっか…、今だめ、ぇっ」

身体の中も外も達した余韻で感覚が鋭敏になっているのに、休む間もなく快感を送り込まれる。射精に近い気持ち良さを与えられて、自分が達しているのかいないのか、感覚があやふやになる。ちょっと耳の先端を撫でられたり、背筋を撫で下ろされたり、うなじに張り付いた髪を引っ張られただけでも、甘ったるい声を出してナカを震わせた。

いつひっくり返されたのか、しがみついていた枕でいっぱいだった視界に龍崎がいた。

人間に戻ったせいで視力の悪さまで戻っていた。龍崎がぼやけてしか見えないのが切なくて、小さく名前を呼ぶ。律動でぶれる視界に汗を浮かべた端整な顔立ちがくっきりと輪郭を持つ距離まで近づいたかと思ったら、再びぼやけてだらしなく開いた唇を塞がれる。

龍崎のキスはうっとりするほど気持ちいい。ん、ん、と甘える鼻息を漏らして、絡みついてくる舌に素直に自分の舌をすりつけた。龍崎の唇が笑みを刻んだ気がした。音を立てて唾液を啜られ、ぞくぞくと肌がざわめく。

シーツにしがみついていた手を伸し掛かる龍崎の背中に回してしがみついた。滑り落ち

ないように爪を立てる。途端に激しさを増した律動で奥をガツガツと穿たれた。

「あっ、あっ、いく…ッ、奥、また、……っ」

「ああ、…俺もっ……」

「ア、ああっ、――――ッ…！」

欲に滾った眼差しが痛みを堪えるように眇められる。それが震えるくらいに色っぽくて、最奥を抉られた瞬間、実弥央は龍崎と見つめあったまま欲を弾けさせた。

「――ッ、…」

一拍遅れて、龍崎も劣情を迸らせた。ぶるりと胴を震わせ、全てを注ぎ込むようにぐっぐっと腰を揺すられる。腹の中で脈打つ熱に恍惚となりながら、実弥央の意識は白く薄れていった。

＊＊＊

「起きたか」

目蓋を震わせた実弥央の耳元で、優しく囁く声があった。

この声を知っている。この数日で何度も聞いた。甘ったるくて優しくてとろけそうな声だ。

(りゅうざき……?)

耳裏を指の背でくすぐるように撫でられる気持ち良さに、実弥央はゆっくりと目蓋を持ち上げた。そこにはやはり精悍な顔を甘く微笑ませた龍崎がいた。厚みのある剥き出しの胸板が布団から覗いている。あの胸に抱きしめられた記憶があられもない痴態の数々と共に一気に蘇ってきた。

(そうだ、俺……――っ!)

人間に戻ったんだ!

「おっと……」

飛び起きた拍子に、実弥央はベッドから転がり落ちた。それを龍崎が片手で危なげなく受け留める。

『……あれ?』

実弥央はぱちくりと眼をしばたいた。ひっくり返った自分の身体はもふもふとした毛皮に覆われ、四肢は細くしなやか、ぽてっとしっぽが右に垂れて小首を傾げた実弥央とシンクロする。

実弥央は、完全に猫の姿に戻っていた。

『なんで…？　どういうことだよ……』

昨日のことは夢だったのかと疑うが、身体に残る違和感と強烈な快感の記憶が現実を主張する。

「一人で寂しかったのか……？」

実弥央をベッドに戻した龍崎はいたって普通だった。人間の実弥央がいなくても慌てることはなく、猫の実弥央が一緒に寝ていたことをデレデレと喜んでいる。ひげを撫でるように滑った指がくしくしと耳を撫でたあと、頭のてっぺんにキスが贈られる。

「みゃお」

——木谷さん…っ。

甘やかす優しい声に、記憶に残る切羽詰まった声が重なる。

ふいに龍崎の手がしっぽの付け根を丸く撫でた。

『ふゃあっ！』

ぞくぞくっと背筋を奇妙な感覚が駆け上がる。

「しっぽの付け根はやっぱり気持ちいいのか……」

『やぁっ、ば…ばかっ、そこ、叩く、にぁ、あっ』

とんとん、と指先で叩かれるのは痛くはない。逃げたいのかもっとして欲しいのか自分でもよくわからず、でも尻がねだるように高く上がってふりふりと勝手に揺れる。するりとしっぽの付け根を丸く辿った人差し指が、しっぽの裏側と肛門のきわどい場所をくにくにと押し込んできた。

「にゃうっ！」

　高い鳴き声を上げて実弥央は龍崎の手を振り払った。ベッドから飛び下りて部屋の隅に避難する。お尻の孔がひくひくと蠢いていた。何度も抉られた腹の奥がきゅうぅっと切なく疼く。思い出した快感に、へなへなと座り込んでしまいそうだった。

「…………やりすぎたか」

　苦笑を零して龍崎もベッドから起き出す。

「派手に飲み過ぎたな……、あんな……」

　聞かせるでもなく呟いた龍崎は床に落ちていた服を拾い上げてハンガーに吊るすと、実弥央には一度視線を向けただけでバスルームに消えた。

『一体なんだったんだよ……』

　あんなことをしておいて龍崎にはまったく気にするそぶりがない。まるで何もなかったみたいに振る舞っている。

　一人だけさっぱりとした顔で風呂から出てきて、減っていない餌皿を見つけて顔をしかめる。部屋の隅から動かない実弥央を拗ねているとでも思ったのか、「刺身を買ってきてやろうか？」と食べ物で気を引こうとした。

部屋の鍵と財布だけをポケットに突っ込んだ龍崎が今まさに、スニーカーに足を突っ込もうとした時だった。スマートフォンが鳴った。ゆったりとくつろいだ雰囲気がすぐさま緊迫したものに変わる。

「はい、龍崎です」

二コール目が鳴る前に、龍崎が応じる。背筋まで伸ばす勢いできびきびと受け答え終えると、部屋に取って返して着替え始めた。しわも気にせず、吊るしたばかりのスーツを着た龍崎の顔は警察官のそれだ。鋭い眼光と引き締まった唇はともすると威圧的だが、滲み出る実直さがそれらを頼もしさに変えている。

ああ、仕事に行くんだなとすぐにわかった。

近づいてくる龍崎から実弥央は逃げなかった。膝をつき、申し訳なさそうに頭を撫でられる。実弥央は耳を伏せて撫でられやすいようにした。「すまない」と言ったのが唇の動きでわかった。

『いいよ、気にすんなよ』

緊急の呼び出しは、事件が起きたということだ。困っている人がいる。助けを求めている人がいる。猫になんて気を遣う必要はない。

出て行く前に龍崎はベランダのシャッターを開けていった。実弥央が留守番の間、少しでも退屈しないようにだろう。外は雲がぷっかりと浮かんで気持ちのいい晴天だった。色んなことがどうでもよくなってくる。本当はどうでもよくなんかないのに。

身体がずいぶんと重く感じた。思えば猫になってからはずっと身体が軽かった。

でも今日は小さな移動も億劫で、ベッドに飛び乗るのも気乗りしない。陽射しに四角く切り取られた床に寝っ転がる。日の当たるフローリングはぽかぽかと気持ち良かった。

ふと、怠いのは龍崎とセックスをしたからだと気づいた。

（えっちしちゃったんだ……）

猫耳としっぽを生やしたままの普通じゃないセックス。

いまさらのように龍崎に抱かれた実感が込み上げてきた。すごかった。あんなに訳がわからなくなるくらい気持ちいいなんて。

（でも、なんで抱かれたんだ……？）

人間の実弥央が裸で部屋にいたからって、ずっと音信不通で心配してたからって、それでどうしてセックスになったんだろう。

寝起きの龍崎が、もうちょっとくらいうろたえてくれていたら理由がわかったかもしれないが、あんなに平然とされたら何もわからない。

（酒の勢い？　勘違い？）

実弥央を誰かと間違えて抱いた？

（でもずっと木谷さんって言ってたし、それに……俺のにもめちゃくちゃ触ってたし）

もうやだって言っても擦られて無理やり勃たされたのを思い出してカァーっと全身が熱くなる。それに龍崎も何度もナカで……。

『なんだ、実弥央。まだ猫のままなのか』

うなうなと恥ずかしさにこそばゆくなった身体を転がしていると、窓の外から声をかけられた。

がばっと勢いよく起き上がる。

『ロン!』

『よう、ずいぶん猫らしくなってきたな』

『ロン! どういうことだよ!』

びとっと窓に鼻をぶつけんばかりに詰め寄る。窓がなければ肩に手を置いてがくがくと揺さぶってやりたい気持ちだった。

『今度は何があったんだ?』

窓で仕切られていると知っているロンは、どこまでもマイペースに聞き返してくる。大あくびのオマケまでつけて。

『人間に戻ったんだ』

『ふん?』

くいっと猫のくせにロンは胡乱気に片眉を上げた。わざとらしくじろじろと見てくる視線は、「どう見ても猫だけど？」と言っている。

それが問題なんだ！

『でも寝て起きたら猫に戻ってた。どういうことだよ、俺だってわかって俺の名前を呼んでもらったら人間に戻るんじゃなかったのかっ？』

『そのはずなんだけど………』

ロンが小首を傾げる。おかしいな、と呟いたロンにもう少し詳しく話せと言われ、実弥央は昨夜中途半端に人間に戻った経緯を説明した。

『なるほどね』

聞き終えたロンは、つまらなそうに自分だけ納得している。

『何がなるほどなんだよ。ちゃんと教えてくれよ、なあ！』

『つまり、あの人間はたくさん酒飲んでたんだろ？』

『……たぶん』

『で、猫の実弥央を見て、実弥央の名前を呼んだ』

『そうだよ。そうしたら猫耳としっぽが残った人間になって……それで目が覚めたらまた猫に戻ってたんだ』

『じゃあきっとあれだ、実弥央をちゃんと実弥央だってわかってて呼んだんじゃなくて、酔っ払って猫のお前を人間のお前と勘違いして呼んだんだ。だから中途半端に猫が残った人間になって、また猫の姿に戻っちゃったんだ』

『って、そんないい加減な……』

なだらかな肩をすくめたロンがしっぽをくるりと振る。少し楽しそうだ。

『猫に厳格さなんか求めるなよ』

『猫ぉ………っ』

気まぐれにもほどがある。それでも「猫のすることだから」と言われてしまえば、理不尽だと怒れなくなるからずるい。

でもきっと、そういうことだ。それなら目覚めてからの龍崎の態度にも納得がいく。彼は実弥央とのセックスを夢か何かだと思っているんだ。

思い返してみれば、言動の端々にそれらしい気配があった。

『まあ、でもよかったじゃないか』

『……何が』

実弥央はじとりとロンを睨んだ。

ロンが、実に猫らしいにんまりとした笑みを浮かべ眼を細くする。

『だってあの人間と交尾できたんだろ』

『こっ……、なっ、…言、ッ……！』

龍崎とセックスしたことは説明から省いた。なのにロンはさらりと言い放った。

（しかも『交尾』って！）

　そうだけど！　そうとも言うけど！　そう言われるとものすごく動物的で生々しく聞こえる。

『なんで言わなかったのにわかったかって？　そんなの猫ならすぐわかるさ。実弥央、あの人間の臭いがプンプンしてる。だいぶ派手にマーキングされたな』

『わーっ！　いい！　もういい！　わかったからそれ以上言うな！』

　窓をバシバシと叩いてロンを黙らせた。

（マーキングってなんだよ！）

　どこにも痕なんて残ってないじゃないか、と毛むくじゃらな自分の身体を見下ろして、気づいてしまった。ロンが言っているマーキングはキスマークのことじゃない。もっとあからさまな行為――何度もナカに龍崎の劣情を注がれたことだ。

『変な奴だな。好きだったたんなら良かったじゃないか』

『………いいよな、猫は気楽で』

　気に入った相手と交尾できればそれで満足。シンプルで羨ましい。でも人間はそうはいかない。同性同士で、しかも一方的な片想いで、そのうえ相手が酒に酔ってだとさらに問題はややこしくなる。

『今は実弥央も猫だろ』

『俺は期間限定』

『戻るつもりなのか』

なぜかロンは眼を丸くして驚いた。

『当たり前だろ』

『じゃあなんでまだ猫のままなんだよ』

『それは……』

猫として龍崎に拾われたのをいいことに、ぎりぎりまで猫生活を満喫したかったからとは言い出しにくい。

『まあいいけど。リミットはもう二日後だぞ』

『うん』

口籠もった実弥央を深くは追及せず、ロンは諭すように言った。

『戻るつもりなんだったら早くした方がいい。実弥央、もうかなり猫に魂が寄ってる』

『猫に魂が寄ってる?』

忠告がやけに重く聞こえた。一度もそんな風に感じたことはないのに、黒猫のロンが不吉な存在に見えた。

『それってどういう……』

『もし戻れなくてもそう落ち込むなよ。俺たちは友達だし、それに猫の暮らしもそう悪いもんじゃない』
『あ、おい、ロン！』
『いやな人間が来た、じゃあな！』
『待てよ、ロン！　くそぉっ』
タ、タンッと軽やかな跳躍で隣家の塀に飛び乗り、ロンは行ってしまった。ロンの言う嫌な人間が誰だか知らないが、実弥央もベランダから離れて死角になる隅に寄った。やがてザカザカと箒が地面をひっかいている音が聞こえてきた。大家だ。今日も掃除に来たらしい。そっと窓から覗くと、ひょろりとした作業服を着た老人が見えた。先日の男と違う。あれは息子だったのだろうか。なんとなく引っかかるものを覚えて首を傾げる。
その時、ふいに香しい匂いが鼻孔をくすぐった。それは実弥央用の餌皿から立ち上っていた。昨日からまともにごはんを食べていない。お腹はペコペコだ。でも餌皿に入っているのは、刺身でも茹でた鶏肉でもなくキャットフードだった。カリカリの丸っこいあれだ。それがどうしようもなく美味しそうに映る。

実弥央は餌皿の前に座って、こくりと唾を飲んだ。見れば見るほどおいしそうだ。無意識に顔を近づけて、かすかに口を開けたところで我に返って飛び退いた。

今、何をしようとしていた？

『俺、……』

(食おうとした?)

ショックを受ける自分の後ろで、なんで食べちゃダメなんだ? と不思議がっている自分がいる。

——魂が猫に寄ってる。

ロンが言っていたのは、これのことなのか。猫の性が人間の部分を凌駕(りょうが)してきている?

『————っ……』

恐怖が津波のように押し寄せてきた。

『……も、戻ろう』

零した決意が実際には「みゃん」と猫の鳴き声にしかなっていないことも今では恐怖だった。

本当は明日戻ろうと思っていたけれど、もういい。猫生活は今日でおしまいだ。

新しい爪楊枝が補充されているのは確認してある。人間に戻ったら素っ裸なのも学んだ。爪楊枝で床に名前を書いたら、龍崎が帰って来るのをベッドの中で待ち構えよう。名前を呼んでもらう時に顔だけ出せばいい。目を見て言ってもらえばいいだけなんだから全身を出してなくたってかまわないはずだ。

もし爪楊枝の文字を見ても龍崎が信じないなら、スマートフォンを奪って文字を目の前で打ち込んだっていい。

あんなことがあった後で気まずさはあるが、龍崎は夢か何かだと思っている。だったら実弥央が知らないフリをすれば問題はない。

心配事があるとすれば、龍崎がいつ帰って来るかだ。事件が解決しなければ帰宅も伸びるだろう。でも心配性な男だから、二日以上も実弥央を放置はしないはずだ。鴨井は合い鍵を返しているから、彼女が龍崎の代わりに訪ねてくる心配もない。

大丈夫、タイムリミットを迎える前にきっと龍崎は帰って来る。そして実弥央を人間に戻してくれる。

さっそくキッチンカウンターに飛び乗り、実弥央は爪楊枝の入れ物を床に落とした。バラバラに散らばった一本を咥えて部屋に向かう。

この前と同じ文章を作ろうと持ってきた一本目を床に置いて、次の一本を取りに行く。それをバランスよく床に置こうとして……――実弥央は困惑した。

どこに置けばいいのかがわからなかった。

普通の猫には書けない、でも特別難しい文章ではなかった。

【オレハ木谷実弥央】

カタカナと生まれてからずっと自分のものだった名前。たったそれだけ。それだけの文章を作りたい。作りたいのに、文字がわからない。文字の概念自体が頭の中になかった。

自分の名前がどんな形だったのか、漢字はおろかカタカナもひらがなも思い出せない。

顎が震えて咥えていた爪楊枝が落ちた。コロコロと転がって一本目の近くで止まる。

きっと焦っているからド忘れしたんだ。落ち着けばすぐに思い出す。

小さな肺いっぱいに息を吸い、薄く開けた口から時間をかけて吐き出す。「大丈夫、大丈夫」と言い聞かせて文字の形を思い浮かべる。思い浮かべようとした。けれど何も思い出せない。

(こんなの嘘だっ)

信じたくなくて実弥央はそばにあった雑誌を見た。バイク雑誌だ。実弥央も本屋で見かけたことがある。表紙のタイトルを読もうとして……——どれが文字なのかさえもわからなくなっていた。バイクはわかる。それにまたがっているのが人間だってこともわかるし、被っているのがヘルメットだってこともわかるのに、文字を認識できない。

信じられなくてテレビのリモコンや、キッチンの調味料まで見た。結果は数字もアルファベットもわからないと突きつけられただけだった。

そういえば、どうして出掛けに龍崎が「すまない」と言ったのを唇の形で察したのだろう。声は聞こえていた。でもそれがどんな意味なのか、思い返せば理解していなかった。

雰囲気とその響きで察したのだ。

(人の言葉もわからなくなってる?)

そんな、いつから……。

わからない。でもそういう場面が前にもあった気がする。

脳裏にキジトラの猫が浮かぶ。あの猫もロンみたいに特別な猫なんだと思っていた。だって病院では猫たちの鳴き声を理解できなかったのに、あのキジトラの鳴き声はちゃんと言葉として理解できたから。

でも逆だったんじゃないのか？

あのキジトラは特別でも何でもないただの猫で、実弥央がより猫に近づいたために、猫の言葉を聞き取れるようになっていたのではないか。

実弥央は床に無意味に転がる二本の爪楊枝を呆然と見下ろした。

人間に戻る術を失っていた。


空に浮かぶ月は、愚かな元人間の猫をあざ笑うかのように細く弧を描いていた。

人間の能力が失われていくってどうして教えてくれなかったんだ！

そうロンを責める気にはなれなかった。戻るチャンスはずっとあった。ロンが戻り方を教えてくれた日、実弥央はちゃんと文字を作れた。欲をかいたのは自分自身だ。この事態は実弥央が自分で招いたのだ。悪いのは誰でもない自分だ。

どこかで犬が遠吠えをあげた。つられたのか他の犬も夜空に吠える。その合間を縫うように愛おしい足音が近づいてくる。時間はよくわからなかった。夜中なのは身体で感じていた。

ドアが開いて、パッと廊下の電気が点く。

「ただいま」

その言葉はまだ理解できた。印象深い単語はわかるんだろう。本物の猫だって、ごはんとかおやつとか自分の名前とかには「意味がわかってるんだなぁ」って反応をする。

『おかえり』

近づいてくる龍崎の足音が重い。途中で不自然に足を止めて、それから部屋に入ってきた。

その顔には疲れが滲んでいた。

「みゃお。……キッチンの……さびしかった……?」

キッチン。

(そっか、爪楊枝)

床に落としたままだ。それを見つけて足を止めたんだ。寂しくてやったと思われたらしい。実弥央を抱き上げてひとしきり撫でてから龍崎はキッチンに戻った。その後ろをついて行く。しっぽが低いままなのはどうしようもない。部屋から顔を半分だけ覗かせて様子を窺う。

床に散乱する爪楊枝を片付けていた龍崎は、実弥央に気づくと笑いかけた。怒ってない、と言いたいのだろう。そのまま着替えを後回しにして実弥央のごはんを用意してくれた。茶碗蒸しのストックがあったらしく、ぬるめに温められた欠片を龍崎の手のひらから食べた。

どんなに意識を集中させても龍崎の言葉を全部理解することはできなかった。簡単な話なら半分、そうでなければ言葉を理解できたのは三割にも満たない。

呼び出された事件の内容を教えてくれているようだったけれど、それが隣町で起きて、犬が関わっていることしかわからなかった。

その夜、実弥央は龍崎が横になると同時にベッドに上がり、頬を寄せ合うようにしてひっついた。龍崎は一瞬驚き、すぐに相好を崩して実弥央を撫でた。ふりふりとしっぽの先が揺れる。こしょこしょと顎を撫でられてごろろと喉が鳴った。頬へのキスには驚きと照れくささとどうしようもない悲しみが込み上げてきた。

明日で猫生活は終わるつもりだった。でも人間に戻るのが難しくなってしまった。どうやって実弥央だと信じてもらうのか、方法が思いつかない。深く考えようとしても、すぐに猫のままでもいいじゃないかと思ってしまって集中力が続かなかった。

ここはペット禁止のアパートだ。怪我が完治しても飼い主が見つからないようなら里親を探すつもりだと言っていた。存在しない飼い主は当然現れることはない。実弥央は猫を欲しがる誰かの家に貰われていくことになる。龍崎の飼い猫としてずっと一緒にいられるわけではない。

なににも増して怖いのは、いつまで実弥央としていられるのかわからないことだった。もしかしたら明日には人間だった頃の記憶さえも消えるかもしれない。そうならない保証はどこにもない。そうしたらこの恋心もなくなってしまうのだろうか。龍崎を好ましい人間の一人としてしか思わなくなるのだろうか。

眠っている男の首筋に頭をこすりつける。一瞬肩をすくめただけで龍崎はすぐに穏やかな寝息を取り戻す。爪でつついてみたくなる長い睫毛、齧り甲斐のありそうな高い鼻、すりつけると気持ち良さそうな秀でた額、心地良い声で呼んでくれる唇、優しく撫でてくれる大きな手。

好きだな、と思う。こんな時でもときめいて胸が甘く締めつけられるくらい龍崎が好きだ。

龍崎達也。

名前はまだ覚えていた。実弥央は大事な人たちの名前をひとりひとり、心の中でつぶやいた。ちゃんと全員の名前と顔を思い出せる。でもそう思っているだけで、実は忘れてしまった人がいるのかもしれないが、実弥央には確かめようもない。

忘れた方が猫として幸せに生きられるのかもしれない。人間だった頃の記憶をずっと抱えたまま猫として生きるのはきっと辛い。でも、それでも忘れたくなかった。

こうして寝顔を見つめているだけで、かすかな興奮と泣き出したいような幸せを感じるのを、忘れたくなかった。

『忘れたくない』

零した願いは「みぃ」とか細い鳴き声になった。

六日目

「実弥央と連絡がつかない」

その言葉は、一言一句聞き取ることができた。

鶴来が訪ねてきたのは龍崎が夕刻に帰宅した直後のことだった。立て続けにインターホンが鳴らされ、ネクタイを緩めただけの龍崎がドアを開けると、そこに険しい顔つきの鶴来が立っていた。

きっちりと形よく締められたネクタイ、身体にフィットしたオーダーメイドのスーツ。見るからにエリート然とした鶴来が憔悴して見えるのは、額に一房落ちた前髪のせいだけではない。

会社、仕事、無断欠勤、遅刻、音信不通。そんな単語だけやけに耳が拾って、それなりに会社への愛着と仕事へのプライドを持っていたのだなと知る。

初対面の印象が悪かったせいか、来客が鶴来だと気づいた瞬間、龍崎の目つきは鋭くなったが、話すうちにそれは違う剣呑さを帯びた眼差しへと変わっていった。

失踪、の単語が出てくるまでにそう時間はかからなかった。

その話になるまではもうちょっと先かと思っていたのに、鶴来は勘の鋭い男だから何かを感じたのかもしれない。

　玄関先で話し込んでいた二人が連れだって出て行ったかと思えば、通りに面したベランダの方から物音がした。窓から何をしているのか見ると柵越しに実弥央の部屋を覗き込んでいるようだった。「いないみたいだ」と落胆している。風邪でも引いて倒れている可能性を考えたのだろう。

　部屋に戻ってきた龍崎はどこかに電話をかけた。

「……届いて……確認をお願いします。財布の色は……」

　相手は拾得物の照会センターらしかった。人の財布なのに鶴来はやたらと詳しくてブランドも色もスラスラと答えていたのには、さすがに驚いた。

「……そうですか。ありがとう……」

　電話の相手に答えながら龍崎が鶴来に首を横に振る。服一式と共に鞄ごと置いてくる羽目になった財布は、悪い奴に拾われてしまったらしい。警察に届けられていなかった。

『健人！　俺ならここにいる。俺が実弥央なんだ！』

　もしかしたら気づいてくれるかもしれない。一縷の望みはしかし、儚（はかな）い希望でしかなかった。

「お前も心配してくれるのか」

　足元にまとわりつく実弥央を撫でるだけで、鶴来はその猫が実弥央かもしれないだなんて思いつきもしない。

『当然、だよな……』

仕事を無理矢理抜け出してきたらしい鶴来は、呼び出しの電話で時間切れとなり戻っていった。

二人は話し合いで、もう一日だけ実弥央の帰りを待ってみることにしたらしい。

龍崎は鶴来の前では冷静に振る舞っていたが、一人になると力任せに壁を叩きガシガシと頭を掻きむしった。憤りがいくつも短く吐き出された。

龍崎はその後、どうにか気持ちを落ち着かせると、さらに何ヶ所かに電話を入れて家を出て行った。実弥央がいくら足元にすりついてしっぽを巻きつけても、ちょっと困った顔で頭を撫でてあしらうだけだった。

戻ってきた龍崎はずいぶんと憔悴していた。きっと手掛かりがないか調べてきたんだ。

「木谷さん……」

『ここだよ』

「どこにいるんだっ」

強く握りしめられた拳は皮膚を破り血が滲んでしまいそうだ。

『俺はここにいる！』

にゃーにゃーと前足をかけて訴える実弥央を、龍崎は抱き上げるとぐずる赤ん坊を宥めるみたいに背中をぽんぽんと叩いた。

「みゃお。驚かせた……」

すまない、なんて言わなくていいから気づいてほしい。

勘違いでも、酔っ払ってでもいい。俺の眼を見て、名前を呼んでくれ。

そうしたら戻れる。どこかが半端に猫のままでも、「俺が実弥央だ」って伝えられる。また猫に戻っても、今度こそちゃんと信じて呼んでもらえばいい。

猫になりたかった。自由で、気ままで、我が儘でも可愛いと許されて、愛されている気分を味わえる猫になりたかった。

でも今は人間に戻りたい。頑張って素直になるから。ちゃんと人間に戻って話したい。

言葉が通じないのは切なくて悲しい。

実弥央は龍崎の頬を熱心に舐めた。ざらついた猫の舌で皮膚が赤くなってしまうまで何度も何度も舐めた。それくらいしか猫の実弥央にはできることがなかった。

＊＊＊

カシャン、と物が割れる音がした。

龍崎の腕の中で丸くなっていた実弥央は、ぴくりと耳を動かすと頭をもたげた。

音は実弥央の部屋から聞こえた。

真夜中で猫の聴覚を持つ実弥央だからハッキリ聞こえただけで、人間にはほとんど聞こえなかったはずだ。

(誰もいないはずの部屋からどうして?)

ガタガタ、と音はまだ続いている。さっきよりも大きい物音だ。

それでもやっぱり人間にはかすかな物音。けれどバチッと音がしそうな勢いで龍崎が目を開けた。実弥央も一瞬、びくついてしまう唐突な覚醒だった。

布団をはねのけて起き上がった龍崎が物音に集中している。

「……っ!」

実弥央の部屋からカタン、と再び物音がした直後。裸足のまま、龍崎が部屋を飛び出していった。

「木谷さん!」

実弥央も慌ててあとを追った。

龍崎の拳が実弥央の家のドアを叩く。

実弥央が帰ってきたと思っているらしい。でも違う。今、中にいるのは木谷実弥央じゃない。

（おい、落ち着けよ！　真夜中だぞ、絶対あやしいってわかるだろ！）

スウェットを咥えて引っ張っても、龍崎は足元の猫の存在にすら気づいてもいない様子でドアを叩き、インターホンを鳴らした。

「木谷さん、龍崎だ。開けてくれ、いるんだろう」

ドアノブに手をかけても鍵がかかっていてドアは開かない。近所迷惑も顧みずに叫んだ龍崎が、室内の気配に神経を研ぎ澄ませる。

中の人物は警戒している。嫌な気配だった。こういう気配の奴がどんなにニコニコと笑顔を浮かべて手を差し伸べて来ても、絶対に近づかない。

いつもの龍崎なら違和感を感じ取ったかもしれない。でも今の龍崎は冷静さを欠いていた。そこにいるのが実弥央だと少しも疑っていない。

『あ、おい！　どこ行くんだっ！』

しびれを切らした龍崎は開かないドアに舌打ちを漏らすと、どこかへ駆け出した。建物を回り込んで表にまわる。ベランダから覗くつもりだ。

人間が背伸びをしてようやく覗き込める高さの柵を、龍崎は腕の力だけで軽々と乗り越えた。

『待てよ、部屋にいるのは俺じゃない！』

どんなに必死に引きとめてもにゃーにゃー！　と猫の鳴き声にしかならない。なんとか実弥央が柵を乗り越えると、龍崎は目を凝らして室内を覗いていた。

龍崎は一瞬、眉をぴくりと動かした。部屋の奥に向けられていた視線が、窓の鍵に注がれている。

鍵が開いていた。明らかにあやしいのに龍崎は窓を開けた。カララと場にそぐわない軽い音があたりに響く。

「木谷さん？」

呼びかけはそこにいるのが実弥央だと信じているからなのか。それとも実弥央だと信じたいからなのか。

風に揺れるカーテンを龍崎が払う。彼の視界が一瞬遮られたのを、潜んでいた人物は見逃さなかった。

カーテンの陰から、ブンッと黒い物体が龍崎を狙って振り下ろされる。

『あぶない！』

完全に油断していた龍崎だったが、警察官として培った経験がとっさの防御を取らせたようだった。頭めがけて振り下ろされたそれを腕でどうにか庇う。

ごっ、と鈍い音がした。

「ぐ、ぅ…っ」

完全には防ぎきれなかった龍崎が呻く。腕と後頭部を殴ったそれは傘立てで埃を被っていた実弥央の金属バットだ。

数年前の忘年会のビンゴゲームで当たった景品だ。野球はやるのも観るのも興味なかったが、いざという時の護身用具になるだろうと捨てずにおいた。それが守るどころか襲うのに使われている。

バットが今度は顔面めがけてスウィングされる。龍崎はそれもどうにか身を屈めて避けた。その拍子に床に鮮血が飛ぶ。最初の一撃で頭に怪我をしたらしい。

前屈みに避けた龍崎の身体がよろけてたたらを踏む。そこにバットが振り下ろされる。

『やめろ！』

「ぐあ！」

実弥央は自分の身も顧みず不審者に飛びかかった。マスクで口元が覆われた顔を思いっきり引っ掻く。

それは龍崎が殴られるのは阻止できたけれど、代わりに振り回された腕が実弥央に当たった。五キロもない猫の身は、壁まで弾き飛ばされた。考えずとも身体がくるりと反転し、激突を回避する。

「うおおぉっ！」

低い咆哮は龍崎だった。低い体勢のまま、相手に突進してタックルを食らわせる。壁に叩きつけられ、呻いた相手を床に引きずり倒した龍崎は、その背中に伸し掛かりバットを握る手を捻り上げた。

「ぎゃっ」

無様な悲鳴を上げた顔からマスクが外れて顔が露わになる。

実弥央は男に見覚えがあった。

（あの時のおっさん……？）

猫になってしまった実弥央の残骸を不気味そうに眺めていった小太りの男だった。

「住居侵入及び傷害の現行犯で逮捕する」

額から血を流しながらも龍崎が淡々と宣告する。

「みゃお」

実弥央に向けられた眼差しは男に向けていたそれと打って変わってあたたかい。

み、とひと鳴きして実弥央は大丈夫だと伝えた。それでもまだ心配そうにしているから、男を警戒しながら龍崎に近づき、手を舐める。そうするとやっと龍崎が安堵を浮かべた。

男が逃げないように拘束すると龍崎はすぐさま通報した。五分も待たず数台のパトカーがアパートの前に停まる。深夜だからかサイレンはなかったけれど、ぐるぐると回る赤い光が威圧的だった。異変に気づいたアパートの住人が野次馬になって部屋から顔を出していた。

人の部屋に忍び込んだ男が手錠をかけられて連行され、龍崎が傷の手当てを受ける様子を実弥央はずっと龍崎の腕の中で見ていた。

本当なら龍崎も一緒にパトカーに乗って事情聴取を受けねばならなかったのだが、それは怪我を考慮して翌日に持ち越されたようだ。

同僚らしき制服警官が笑顔で龍崎の肩を叩いたけれど、それに応える龍崎の表情は暗い。

きっと実弥央について良くない想像をしている。

『そんなに心配すんなって。変な事にはなってるけど、事件には巻き込まれてないから』

みゃうみゃうと説明して顎に頭を擦りつける。

龍崎は一瞬だけ笑みを見せ、けれどすぐに沈んだ面持ちに戻ってしまう。

男は実弥央の部屋の鍵と財布を所持していた。鶴来から特徴を聞いていた龍崎は、男が持っていた財布が実弥央の物だとすぐに気づき、パトカーが来るまでの間、厳しく追求した。男は逃げられないと観念したのか、龍崎の質問に素直に答えていた。「落ちてた」「拾った」「いなかったから」「出来心」と断片的に聞き取れた単語で、おおよそ男の言い分は理解できた。

きっと実弥央があの場を去った後、男は戻ってきたのだ。そうしてまだ放置されている服と鞄を見つけて、鞄を盗んだ。他にも盗んだ物があるのかはわからないが、財布に入っていた保険証でも見て住所を知ったんだろう。鍵もあったとなれば侵入はたやすい。

玄関には施錠をしたくせに窓の鍵を開けていたのは、家主が帰ってきた時にそこから逃げるつもりだったんだろう。

もしかしたら実弥央が大家の息子だと思った人物は、下見に来たこの男だったのかもしれない。いつだったかベランダを覗き込んでいた日があった。

不可解な痕跡を残した人物が自宅らしきアパートに不在。しかも不用心なことにシャッターは下ろさず室内が丸見え。泥棒に入るには絶好の物件だろう。「木谷さんはどこだっ」と問い詰める龍崎に、男は何度も首を振って「知らない」と喚いていた。その時の龍崎は鬼気迫るものがあった。あんな勢いで迫られた男は命の危険すら感じていたかもしれない。

男の襟首から手を離したのは、パトカーが到着したからではなく本当に知らないからだと納得したんだろう。家主について調べようとした同僚に、龍崎は「捜索願を」と告げていた。

人間の木谷実弥央はもうどこにもいない。

実弥央にはその現実が重たくのしかかった。

七日目

　タイムリミットの日は、慌ただしくやってきた。

　朝に家を出た龍崎が戻ってきたのは午後三時近かった。頭には白い包帯を巻き、スーツや鞄からは病院特有の薬品のにおいがした。

　病院に寄ってから昨夜の件で警察署に行ったらしい。本当はいけないんじゃないかと思うけれど、龍崎は実弥央の財布を持っていた。

　鞄を投げ捨てるように放った龍崎が壁に凭れたと思ったら、そのままずるずるとしゃがみ込む。

『どうしたんだよ。頭痛いのか？』

　ベッドから見ていた実弥央は慌てて龍崎に駆け寄った。

　腕に前足で縋って、みゃあみゃあと鳴いても一瞥もしてくれない。

　眉間には深い皺が刻まれ、噛み締められた奥歯が軋る音を立てた。

　泥のついた実弥央の財布から免許証が取り出された。写真の目つきが悪いのは、ちょっと色気を出してコンタクトレンズで更新手続きに行ったせいだ。異物感がすごくて、それを我慢したらこんな写真になってしまった。

どうせなら社員証の方を見てほしい。そっちは気に入りのメガネをかけて、そこそこの映りだ。

「木谷さん……」

呑気な不満を抱く実弥央とは違い、小さな写真を見つめる龍崎の顔には悲壮感を通り越して憤りが浮かんでいた。

「どうしてっ」

ぐっと免許証を握り込んで膝に顔をうずめた声は続きがくぐもって聞こえなかった。

そんな必要はないのに、龍崎は責任を感じている。何も悪くないのに。たまたま翌日出掛ける約束をしていたから。偶然隣の住人だったから。警察官だから。

「くそっ」

吐き捨てた龍崎が髪をぐちゃぐちゃに掻き混ぜて、足音荒く机に向かう。引っこ抜けて落ちちゃうんじゃないかと心配になる乱暴さで抽斗を開け、がさごそと何かを探している。

『あっ』

抽斗の奥から掴み出されたのは煙草の箱だった。四角い箱の中身は一本分減っていた。

ずいぶん前のことだったけれど、実弥央はそれが初めてベランダで言葉を交わした日に龍崎が手にしていた煙草のパッケージだと気づいた。

とっくにしけって不味いだけだろう煙草を龍崎が口に咥える。

どうしようもなく苛立つと吸いたくなると言っていた。でもやめたいとも零していた。

ずっと手を出さずにいた煙草に、龍崎はあの日以来手を出そうとしている。

にゃおん！　と鳴いて抗議しても遅かった。安物のライターが煙草に火をつける。龍崎が息を吸い込むと、ジジ…ッと焼ける音をさせて先端が赤く燃える。

どっかと腰を下ろした龍崎は虚空を睨みながら、紫煙を吐き出す。

猫になった実弥央の鼻と目は、煙草嫌いはそのままに人間だった時よりずっと過敏になっている。

直接吹きかけられたわけではなくとも、喉と鼻の奥が痛い。目に滲みる。けむたくて息がしにくい。けふっと咳まで出てしまう。びたびたと床をしっぽで叩いて抗議する。

実弥央のあからさまに嫌がる仕草を見ても、龍崎は指に煙草を挟んだまま消そうとしなかった。むしろ興味深そうに見ている。

『お前な、反応面白がってるなら最低だぞ』

ぶみゃぁ、と低い声で鳴いてじっとりと睨んでから、実弥央は龍崎が床についていた手を踏みつけた。

せっかく教えてやったのに忘れてしまったのか。

『そういう時は爪の付け根、マッサージするといいって言っただろ』

親指の爪に前肢の肉球をきゅっと押しつける。体重をかけてぎゅっぎゅと踏んで、次は人差し指、中指、薬指は飛ばして小指。

順番に踏んでやって実弥央は顔を上げた。

『どうだ、思い出したかよ』

みゃうんと得意げに鳴く。

ところが龍崎は固まって微動だにしない。煙草の灰が長くなり、今にも落ちそうになっている。

『な、なんだよ……』

あまりに凝視されて居心地が悪くなる。たかが猫の体重だぞ。そんなに痛くないはずなのに。手を踏んづけたのが気に入らなかったのだろうか。最後に踏んだ小指にのせっぱなしだった前足をそろりと退かすが、それでも龍崎は動かない。

薄く魅力的な龍崎の唇が小さく震える。

「ま、さか……木谷さん？　……なんて、そんなわけ――…」

呼ばれて、実弥央はぱちりと瞬いた。

目蓋を落として持ち上げたら、顎を上げなければ見えなかった龍崎の顔が同じ高さにあった。離したはずの小指に指先が触れる。

龍崎の理知的でうっすらと青の差し込んだ黒い瞳が、零れんばかりに見開かれる。

ぽろり、と龍崎の指から煙草そのものが床に落ちた。転がった煙草が紫煙を揺らめかせる。その煙がまた目に染みて、実弥央は手のひらでくしくしと目を擦った。

そこで初めて、あれ？　と動きを止める。

毛むくじゃらなはずの前足を見れば、肌色が目に飛び込んでくる。

実弥央が目を眇めれば、龍崎の瞳の中には猫ではなく人間の姿をした自分が映り込んでいた。

「――……戻ってる！」

「……っ」

叫んだ実弥央に龍崎がびくりと肩を揺らす。

実弥央は頭の上に両手をやった。わしわしと探しても猫耳はない。頬を触ってもひげはないし、尻の付け根から生えたしっぽもない。耳もひげもしっぽもない、完全な人間の姿だった。

「戻った！」

もう二度と戻れないと諦めたのにっ。

「人間に戻った！」

龍崎が名前を呼んでくれたからだ。猫の自分を、たったあれだけのことで木谷実弥央だと気づいてくれた。

湧き上がる喜びを抑えきれず、実弥央はおもいっきり龍崎に抱きついた。

茫然としていても、鍛えている男の体幹はしっかりしている。後ろに倒れることなく実弥央を抱きとめた。背中に手を添えたのはきっと無意識だろう。その手が感触を確かめるように肌を撫でた。

手のひらの熱さにかすかに肌が粟立つ。

「木谷さん………どういうことだ?」

訝る声が鼓膜をくすぐる。

はたと我に返った。思わず抱きついたが、これはとんでもない事態だ。

実弥央は龍崎の目の前で猫から人間に戻った。それを「戻った」と喜んでしまった。そして素っ裸で抱きついている。

理由も原因も経緯も、実弥央には自分に不都合な部分をうまく隠して説明できる自信がなかった。

「やばい」と「どうしよう」が脳裏を駆け巡り——……実弥央は龍崎を突き飛ばして逃げることを選んだ。

「うぎゃっ」

しかしむんずと足首を掴まれて逃走は失敗した。べしゃっと潰れて顔面を強打する。メガネをかけていたら大惨事だった。

龍崎からは謝罪の言葉はない。足は痕がつきそうなほど強い力でがっちりと掴まれてい

て、いくら振り切ろうとしてもできなかった。

とにかく尻が丸出しなのが嫌で、実弥央はどうにかベッドから布団を引きずり下ろして体に巻きつけた。たっぷり一分はそうして思案に暮れていた龍崎が、おもむろに実弥央の足を引き寄せて、ずいっと鼻がぶつかりそうな距離に迫った。

「な、なん……」

「つまり……みゃおは木谷さんだったのか」

「あ、う、えー……、いや、ま、まぁ……？」

龍崎が考えた末に導き出した答えは正解であったけれど、真顔が怖くて素直に頷けなかった。目が据わって見えるのは、こちらにやましい点があるからなのか。できればそうだと思いたい。

「これは俺がつけた痕か」

「え……、あっ」

これ、と龍崎の指が布団を捲って実弥央の胸を撫でた。何を指してのことかわからず、見てみればそこには紅い鬱血が刻まれていた。しかも複数。

いつ、何をされてついたものなのか、気づいた実弥央はとっさに手で隠した。

キスマーク。いや、噛み痕と言った方が正しい情欲の証だ。

「あれは……夢じゃなかったのか」

「こ、これはなんでもない！」

　苦しい言い訳はむしろ、そのとおりだと肯定するようなものだった。

　龍崎の眼光が鋭くなる。睨まれている気がした。もっと距離がほしかった。そうしたら目が悪い自分には睨まれているだなんてわからなくなる。こっちを見てるような気がする、で無視できる。でもこの距離でははっきり見えてしまう。

　足首を捕まえている手に力が込められて、骨が嫌な軋みをあげた。

　嫌われた。いや、気持ち悪いと思われたのか。猫になる化け物で、男に抱かれてよがる変態だと。

「…………聞いてたのか」

　侮蔑の言葉を浴びせられる覚悟をしていた実弥央にぶつけられたのは、思いもよらぬ一言だった。

（聞いてた？　……っていったい何を？）

「……何をだよ」

「しらばっくれるな、夕実と話していたのを聞いていただろう」

　む、と状況も忘れて唇を尖らせた。とぼけてなんかいない。そんな疎ましげに睨まれても知らないものは知らない。

　人が猫になるのは、なかなかにぶっ飛んだ事件だと思う。実弥央なら目の前で猫が人間になっても視力が悪いせいにして信じなかっただろう。でも龍崎はあっさり――とまではいかないまでもそれを受け止め、そうしてなぜか実弥央が猫になっていたことよりも、鴨井との会話を聞いていたことの方を問題にしていた。

ここまで詰め寄るなんて、龍崎は鴨井とどんな話をしていたのだろうか。

あの時の二人の様子はよく覚えている。親しげで、距離が近くて、声の色が浮ついていた。だから見るのも聞くのも嫌で距離を取った。それでも猫の聴覚は声を拾ってしまったけれど、話の内容までは聞こえなかった。

今にして思えばあれは聞こえていなかったのではなく人間の言葉が理解できなくなっていたのだろう。

「…………なんでそんなに赤くなってんだ」

じとりと恨めしげに睨む龍崎の耳が、冬の寒空に放り出されたみたいに真っ赤になっていた。見ているだけでこっちの耳もかゆく感じてしまうくらい赤い。

「本当は映画を観た日に言うつもりだった」

実弥央がすっぽかす結果になってしまった日のことか。

「……告白はきちんとしたかった」

龍崎が悔しさを滲ませて零した。

実弥央には話が見えない。たぶん鴨井との会話を聞いていればわかったのだろうが、実弥央は聞いていない。でも龍崎は聞いたと思い込んで話を進めている。とても「なんのこと？」と訊ける雰囲気ではなく、今わかっている情報から推測するしかなかった。

実弥央の思考は幸か不幸かニュートラルになっていて、目の前に広がる事実を客観的に受け止めることが出来た。

それは告白と呼ばれるようなこと。顔色を変えない男が茹だったみたいに耳を赤くするようなこと。二人で出掛けた日に告げるようなこと。女が声を浮つかせて話すようなこと。

そして実弥央と寝た事実を知ったのに嫌悪する様子はなく、むしろ食い入るように見つめてくる目に浮かんでいるのはこちらが気圧されそうな熱い感情で……――。

「お前……もしかして俺のこと好きなのか？」

冗談みたいな結論が、ぽろりと転がり出る。

「好きでもない相手とセックスはしない」

「セッ……！」

それは龍崎には疑っているように聞こえたのか、直截な単語を使って肯定される。

「木谷さんはするのか」

「す、するわけないだろ！」

「そうか」

厳しかった眼差しを和らげて、龍崎の親指がくるぶしを撫でた。

「……、っ…」

小さく息を飲む。そんなところにまで赤い鬱血が残されていた。

「キスがしたい」

「な、んでだよっ」

唐突に言われて今度は実弥央が真っ赤に染まった。

「両想いだと知った。だからキスがしたい」

おかしなことを訊くと言わんばかりに眉を顰めて理由を言われる。

「俺は別に……！」

「好きな相手としかセックスはしないと言った。俺とはした。つまりそういうことだろう」

追い詰めるように龍崎が迫ってくる。

「まっ、待てよ！　お前、あの……っ、夕実さんと付き合ってんじゃないのかよっ」

「………初耳だ」

本当に意外なことを聞いたと言いたげに龍崎が戸惑いを見せる。

「あいつはただの友人で、一度も交際したことはない。なんでそうなる」

逆に訊かれてしまい、今度は実弥央が戸惑う番だった。

「なんで、って……よく一緒に買い物してるとか、家に遊びに来てるとかって噂が……」

もごもごと答えると、「あぁ……」とバツが悪そうに一瞬視線が逸らされた。

「それは、木谷さんのことを相談していた……。そのアドバイス代として奢らされていた」

実は映画に誘ってみればと招待券をくれたのは鴨井だという。

「それじゃあ、まさか蛇口壊れたのもわざと……っ！」

「違う。あれは本当に壊れたんだ、壊したんじゃない。だが絶好のチャンスだと思ったのも本当だ」

噂を鵜呑みにした勘違い、というだけでも恥ずかしいのに、さらにその内容に実弥央の視線もうろついた。

二人の噂はかなり前から聞いていた。それが全て恋の相談だったのなら、いつから俺のことが好きだったんだ？　と新たな疑問が浮かんだ。

「お前、いつからその……俺のこと好きだったわけ」

「引っ越してきて一ヶ月後くらい、だろうか」

「そんなに前からっ？」

龍崎が隣人だと知る半年以上も前になる。

「え、なんで？」

接点は皆無だった。それなのにどうして自分なんかを好きになってくれたのか。

「最初は羨ましかった」

「羨ましい……？」

「駅前の公園でよく猫に囲まれていただろう」

桜の木が植えられている芝生公園だ。ベンチが多くて、ここいらの猫たちの憩いの場になっている。龍崎の言う通り、その公園に散歩に行くといつも猫が実弥央の周りに集まってきた。

「何もしなくても猫に好かれていて羨ましいと思った。でもそのうち、木谷さんに撫でてもらえる猫を羨ましいと思うようになっていた」

「い、意味わかんないんだけど」

「猫を撫でてる時の木谷さんは、すごく可愛い」

「かわっ……」

「それなのに俺を見る時は全然笑ってくれなかったから、あんな風に笑ってほしくてたまらなかった」

こんな直球の告白を受けるだなんて思わなかった。言葉を紡げず、はくはくと口を開閉させる。

(俺と同じだ)

実弥央も龍崎に笑いかけてほしかった。龍崎もそう思っていてくれたのが嬉しい。

「他には?」

「え?」

「他に訊きたいことはあるのか。ないならいい加減キスをさせてくれ」

「いや、ちょ、待っ」

実弥央だって好きな相手とのキスはやぶさかではない。いや、むしろしたい。いっぱいしたい。でもこんなすぐに迫られても、両想いだったことすらまだ飲み込みきれていなくて、心の準備が追いつかない。

床をずりずりと後ずさりながら逃げる。足首はいまだに掴まれていたけれど、引っ張って戻されることはなかった。その代わり逃げた分だけ龍崎も追ってきた。

「そうだ、猫！　俺が猫だったこととかはどうでもいいのかっ？」

「驚いてる。いきさつも気になるが……。木谷さんはここにいる。なら詳細はあとで構わない」

いっそ清々しいほど後回しだと言いきられた。

「いきなり、キスとか…っ。お前、手が早い！」

「そんな恰好で俺の前にいるのが悪いと思わないのか？　大体もうセックスまで済ませてる」

「セッ……、セックス言うな！」

指先が冷たい物に当たった。みゃおの為に用意されていた水皿だ。なみなみと入っていた水が零れる。はっと手を引けば肘が壁にぶつかった。もう後ろに逃げ場がない。

龍崎がやっと足首を離す。その代わりに腕をトン、と壁について、実弥央の逃げ道を塞いだ。

「目をつぶってくれ」

「……っ」

顔に龍崎の影が落ちる。怖いわけじゃない。龍崎とのキスは気持ち良かった。実弥央だってしたい。でも、目を閉じて首に手を回して唇を差し出してくちづけを交わす自分を想像したら、いたたまれなくて窓を突き破ってでも逃げたくなる。

「木谷さんは目をつぶるだけでいい」

泣きそうな顔をしていたのかもしれない。少しだけ声のトーンを優しくして龍崎が頬に指を滑らせた。指の背が、ぱたぱたと忙しなくまばたく睫毛に触れた。

「目を閉じてくれ」

秀でた額、通った鼻筋、男らしい眉、青が差し込む切れ長の目、鋭角な顎のライン、柔らかな薄い唇。恐ろしく整った顔が体温を感じとれる距離にある。

とても直視していられなくて、実弥央にぎゅっと目をつぶった。

笑ったのか、ふっと吐息が肌を掠めた。

それを追いかけるように柔らかい感触が唇に触れた。そっと押し当てられてすぐに離れる。離れたと思ったらまた押し当てられる。何度も何度も、少しずつ場所を変えてくっつけられる。やわっこい感触が気持ち良くて、離れたそばから次に触れてくれるのを待った。

啄んだり舐めたりもしない。ただくっつけるだけのキスに顔が火照ってくる。

唇の左端にくちづけられて、実弥央は薄く目蓋を持ち上げた。とてもこんな優しいキスをしているとは思えないくらい、ギラギラと滾った目が実弥央を見ていた。

その熱をもっと感じたい。優しいだけのキスでは物足りない。

唇を薄く開いて誘うと、意図を間違うことなく龍崎の舌が潜り込んでくる。腰を抱かれ、後頭部を掴んで仰のかされ、喉までぶ厚い舌が舐めつくそうとする。ぞくぞくとした快感が下腹に落ちていく。

鼻だけの呼吸では追いつかなくて、くふんっ、と苦しげな息を吐いても龍崎は解放してくれなかった。それどころか残った酸素を奪うみたいに舌をきつく吸われる。

朦朧としてくる頭の奥にぴちゃぴちゃと舌を絡める水音が響く。ごくり、と注がれた唾液を飲み込むと、火照りは身体全体に広がっていった。

やっぱり龍崎はキスが上手い。

平衡感覚があやふやになる。実弥央は必死になって目の前の龍崎にしがみついた。

ようやく解放された頃には、はふはふと息が上がり、吸われ過ぎた舌がじぃんと痺れてうまくしまえなくなっていた。

「木谷さん」

色っぽく掠れた声が鼓膜に吹き込まれる。耳の中までいやらしく舐められたみたいに感じて震えた腰に、龍崎の下肢が押しつけられた。

実弥央はビクリッと身を竦ませた。龍崎のそこは欲を膨らませていた。

思わず押しのけそうになった腕の力を奪ったのは、覗き込んできた龍崎の目だった。

好きだ。欲しい。と言葉よりもはっきりと訴えかけてくる。

ずくりと腹の底で実弥央の欲望が脈動する。

次の瞬間、実弥央はぶつけるように唇を合わせていた。

首にしがみついた身体を逆に押し倒される。布団をむしり取られ、すぐさま肌をまさぐられる。反応を見せ始めていた性器をぎゅっと握られて、「あっ」と腰が浮く。その拍子に背中が固いフローリングにゴリッと当たった。

「待っ、ア、ンッ、待ってっ、て」

陰嚢（いんのう）ごとくるみ込んでぐにぐにと揉まれる刺激に息を弾ませながら、どうにか制止を訴える。

「床、はいやだっ」

言われてハッとしたように龍崎の手が止まる。

「うわっ」

その結果が横抱きの、いわゆるお姫様抱っこになるだなんて思ってもいなかったが、下ろせと文句を言う前にベッドに押し倒されていた。自分だけ裸なのが嫌で、「お前も脱げ」と首筋に舌を這わせてくる龍崎のシャツを引っ張る。

　無言で身体を起こした龍崎は、欲情した眼差しを向けたまま自分の服を脱ぎ捨てた。惜しげもなく披露される鍛えられた肉体と昂ぶりを見せる性器に、実弥央は目が離せなかった。

「木谷さん」

　ふくらはぎを撫でた龍崎の手が片足を持ち上げ、つま先に唇が寄せられた。唇がくるぶしに残る鬱血を上書きし、そのまま脛、膝小僧、膝裏と残っている痕は色を濃くし、それ以上に新しい痕を残した。

「うん…っ、ぁ」

　強く吸われる度、肌が粟立って鼻にかかった声が漏れる。

「木谷さんっ……」

　情欲に濡れた声に呼ばれる度、感度が上がっていく気がした。

「あっ……」

　鼠蹊部を撫でられただけで、たまらない愉悦が全身を襲う。

「やっぱり感じやすいんだな」

「そんなんじゃなっ、アぁ…ッ」

惑乱してばたつかせた足に蹴飛ばされても、龍崎は一瞬眉を顰めるだけで、すぐに嬉しそうに内腿の際どい場所に噛みついた。

「木谷さんは足クセが悪いな」

「あ、ばかっ、舐めるな、きたな、ぃっ」

きゅっと丸めた足の指を指股まで一本一本丁寧に舐められて、性器の先端からとろりと先走りが零れる。

意識が逸れた隙に、足を大きく開かれた。

「あっ！　……あァッ、やっ」

阻む間もなく、実弥央の蜜を垂らす性器が龍崎に咥えられた。

「ひぁ、アッ、吸う、のだめっ…ひ、アッ、ぁン」

熱くぬめる咥内に包み込まれて、欲望が一気に膨れ上がる。声を飲み込もうとしたけれど、ぢゅっと吸われ、あっけなく嬌声（きょうせい）を上げた。舐めしゃぶられ、先端の孔を舌でぐりぐりと抉られる度、あまりの気持ち良さにチカチカと視界が明滅する。射精感が込み上げて弾ける、と弓なりに背を仰け反らせ下腹を震わせる直前、口を離された。

「……ぁ」

知らず落胆の声を上げてしまう。見下ろせば真っ赤に充血した性器は唾液と先走りでいやらしく濡れ光り、イきたがってはくはくと小さな孔を開閉させていた。それなのに龍崎は下生えをくすぐるだけで陰茎には触ってくれない。やわい愛撫は気持ち良かったけれど射精には刺激が足りなかった。

あと少しまで迫っていた波が熱だけを残して引いていく。それを見計らったように再びしゃぶられた。実弥央と視線を合わせたまま、じゅぶじゅぶとわざと音を立てて出し入れされる。

龍崎の男らしい唇から興奮した自分の性器が出入りする様はあまりにも背徳的だ。根元を擦られ先端の丸みを舌でねっとりと舐め上げられると下腹が痙攣して陰茎が悦びにぴくぴくと震えた。あまりにも卑猥(ひわい)な光景なのに目が離せない。遠のいていた絶頂の感覚が再びやってくる。

けれどまたもや、あと少しのところで放り出されてしまった。やわやわと膨らんだ陰嚢を転がされ、熱を持った陰茎の側部にあやすようなキスが与えられる。すすり泣き、羞恥に染まりながら自分で手を伸ばしても「だめだ」と払われてしまう。

「や、あぁ、ぁ、なん、でっ……」

「イかせてほしいと素直に言ったらイかせる」

「あ、あっ、あ…」

指の背でつぅっと裏筋を撫でられる。ぶるりと腰が震えて、イきたいと強烈な欲が募る。

「イきたいか？」

「ぁ、う……ゃ」

それなのに素直じゃない自分が邪魔をしてたったの一言が言えない。

「そうか、なら言えるまでこのままだ」

残念そうにしながらも舌なめずりをした龍崎はむしろ楽しそうに見えた。

亀頭の丸みをくるくると撫でて、先走りを垂らした先端の孔を親指が引っ掻く。

「やぁっ、いっ、いた……っ」

痛みにも似た強烈な刺激に涙が零れた。

「痛そうには見えない」

「ひっ、やめ、あ、アッ、ひぁ…ッ」

ぴゅくっと甘イキの蜜が飛ぶ。

「気持ちいいか？」

「……ッ、ぃ……」

「うん？　聞こえない」

強く引っ掻いていた指が触れるギリギリまで離れてしまう。また放り出されてしまう。

焦りに実弥央は必死になって叫んだ。

「いいっ、ぃい…から、あぁッ」

「こうされるのは気持ちいい？」

「ん、いい、それ、い…ッ」

　飲み込めなかった唾液が甘ったるい喘ぎとともに口端から零れる。猫のしっぽが生えていた尾てい骨の辺りがぞくぞくとした快感に震える。もう数回、きつく引っ掻いてもらえたらイける。

「イきそうか?」

「ん、んっ、……」

　耳元での囁きに、こくこくと頷く。その瞬間を期待してシーツを握りしめた。なのに絶妙なタイミングで指を外されてしまった。

「やぁ、なん……っ」

　イきたいってちゃんと頷いたのに。恨みがましく涙で潤んだ目で睨む。

「言えたら、と言った。言わなかったから駄目だ」

　ぱんぱんに膨れた陰嚢をつつかれて、裏筋を優しいタッチで撫で上げられる。もどかしいだけの刺激に震えた先端からは糸を引いた先走りが垂れたが、それだけだ。あとちょっとだった絶頂が熱だけ残して引いてしまう。

「い、じわる、ひど……ぃっ、ぁ」

「……可愛い泣き顔くらい見せてもらわないと割に合わない」

「ぁ……」

低く落とされた呟きに、実弥央はようやく龍崎が散々心配させたことを根に持っているのだと気づいた。素直になるのが実弥央のもっとも苦手なことだともう知っているくせに、そうしないと与えてやらないと意地悪を言って仕返しをしている。

こんなのどさくさに紛れて言えばいいだけだ。龍崎に何も言われていなかったらきっととっくに言えていた。でも「言えばイかせる」と言われた後だと、どうしても言えなかった。

そうやって何度も何度も極限まで追い上げられてはイかせてもらえずに焦らされた。

あまりにも焦らされて真っ赤に充血した性器は、とろとろと白濁の混じった先走りを垂れ流していた。

「木谷さんは本当に意地っ張りだな」

「う、うるさ、い……っ」

どれだけ追い詰められても懇願を口にしない実弥央に、龍崎が苦笑した。ぼろぼろと過ぎた快楽に零れる涙を唇で吸い取られる。

「仕方ないな」

嘆息し、張り詰めすぎて痛みさえ感じるようになった屹立を口に含まれる。

「あ、あああ、あ、あ、っ……ぅあ、やっ、やあ！」

裏筋にべっとりと舌を這わされて激しくしゃぶられ、再び湧き上がった射精感に期待とまた放り出される落胆が生まれる。だが龍崎が唇を離さなかった。目の眩むような快感が爆ぜる、はずだった。

「や、やぁ、はなし、やあっ」

感覚では激しく達していた。けれど射精は果たせていなかった。陰茎の根元を龍崎がきつく縛めて阻んでいた。イッているのに出せない。びくびくと太腿がひきつり絶頂感が全身を駆けめぐる。なのに達している欲望に快楽が与えられ続け、とても正気ではいられなかった。

「い、かせてっ、…！　もういかせてぇっ！」

泣きじゃくって口走った瞬間、縛めていた指の力が緩まる。

「ああ、イッ…、ぁ、や、あっ、アあぁ――…ッ！」

ようやく許された解放に背中を弓なりにしならせて龍崎の口に吐き出した。噎せることなく受け止めた龍崎が、最後の一滴を出し終えた実弥央のものからようやく唇を離す。

実弥央は達した虚脱感に呆然と下肢から顔を上げた男を見る。喉を鳴らして放ったものを飲み込んだ龍崎が、口端から垂れる白濁を手の甲で拭う。

「飲むなんて…、…っ」

「木谷さんの味を知りたかった」

上半身を乗り上げた龍崎が、実弥央の眦に浮かんだ涙を舐めとる。肩のまるみを撫で、顔にいくつもくちづけを落として宥められた。

背骨を辿り下りた龍崎の手が尾てい骨の上をくるくると撫でる。猫のしっぽが生えていたそこは、ふりふりと揺れる長い尾がなくなっても撫でられるとむずがゆいような落ち着かない感覚をもたらした。

「いいか」

続きをしても？　と問われ、実弥央は枕に顔を埋めた。無言の承諾に「優しくする」といちいち龍崎はくさいセリフを言う。

半端な体勢だった身体を俯せにされる。腰の辺りを撫でまわしていた手が双丘にかかって、ぐっと左右に割り開いた。

とんでもないところを覗き込まれている。

湧き上がる羞恥は枕にしがみついてなんとか耐えたけれど、てっきり指で慣らすんだろうと思っていた尻の狭間に湿った空気を感じた実弥央は、「えっ」と思わず振り向いてしまった。

今まさに、割れ目へ差し込まれようとしている龍崎の舌が禍々(まがまが)しいくらい赤く見えた。

「ひぃ、あ、ぅあっ…、嘘、そんなとこ、や、あっ」

逃げようとした腰はがっちりと抑え込まれていて物欲しげにくねるだけだった。

ぬとりと厚く弾力のある感触が、繋がるための窄まりを無遠慮に舐める。

唾液を塗り込められてひくついた後孔に、舌が潜りこんできた。

「アッ、ぁ、あっ抜け、抜けってば、ぁ」

浅瀬を舐めていた舌が抜ける。しかし、ほ、と安堵の息を吐くと同時に、たっぷりと唾液を纏って再び侵入してきた。

「ひあァっ」

拒もうとする縁をつついて開かれ、粘膜に唾液を塗り込められる。ひくひくと腹が痙攣した。嫌だ、やめろ、抜けと泣きながらも、ナカはぐずぐずにとろけて快感を拾い出す。

やがてそこに龍崎の長い指も加わった。一本目がゆるゆると奥まで進み、腹側のひどく感じやすい場所を探って擦る。何度も気持ちいいと教え込まれた場所だ。押し込まれる度、節くれだった指を締めつけて悦びを教えてしまう。

抵抗の言葉は弱々しく、一度吐き出して萎えた性器が再び頭をもたげてシーツに染みを広げていく。

後ろを解す指が二本に増えた直後は異物感を大きく感じたけれど、ぬちゅぬちゅと揃えた指を出し入れされるうちに感じ入った声を上げていた。

猫だった時とは違う、内側の深くに落とされていくような快感に汗と涙と舌っ足らずな喘ぎがあふれる。

いつの間にか三本に増えていた指が、ぐるりと柔らかさを確かめて抜けていく。

「あ、やっ」

思わず引きとめる声が漏れた。ちゅぷ、と出ていく指に追いすがった粘膜が、卑猥な水音をさせる。

「木谷さん」

「ぁ、……」

不機嫌にも聞こえる低い声は、こらえた欲望に掠れていた。それでも龍崎の手つきが乱暴になることはなかった。優しく仰向けにされ、目尻と鼻先、それに唇へとキスが送られる。太腿に当たる屹立は、これ以上なく滾っていた。

「おれも…する」

全部何もかも、龍崎にしてもらうだけなのは嫌だった。

「わかった。なら、自分で入れてくれるか」

「ん……」

腕を引いて上体を起こすのを手伝ってもらい、座り込んだ龍崎の腰に跨る。言われるまま肩に手を置いて、膝立ちになった。

「俺のを手で支えて、ここに宛がうんだ」

「ン、ぁっ、ゃ……」

ここに、と指が後孔に差し込まれ、ぬぷぬぷと浅瀬を掻き混ぜられる。

「大丈夫、柔らかく解れてるだろう?」

「ん、んっ、わ、かったから、…っ」

龍崎の手を払いのけて、実弥央は息を整えた。そっと握った龍崎の怒張は火傷しそうに熱く、きつい角度で反り返っている。入れたらそれだけでごりごりと腹側の弱みを抉られそうだった。

手に余る長大なものを、窄まりに導いていく。

でも亀頭の張り出しが大きいそれに、なかなか腰を下ろす決心がつかない。

「大きく息を吐いて、ゆっくり吸うんだ」

先端が触れた状態で焦らされる龍崎は辛いだろうに、かけられる声は気遣いに満ちていた。言われたとおりに細く長い息を吐き、ゆっくりと吸い込む。

「……ッ、あ！」

その途中で、ぐっと腰を引き寄せられた。

舌とも指とも違う熱くぬめった弾力に押し開かれる。

「ひ…ぐ、ァ、…ぁ、アッ」

太い欲望の先端を飲み込んでしまえば、ずぶずぶと奥への侵入を許してしまう。まるで串刺しにされている気分だった。自重で根元まで飲み込み、喉を晒して酸素を貪る。

痛みはなかった。でも腹を埋めつくす圧迫感が苦しい。

「全部入った」

龍崎は息も絶え絶えに喘ぐ実弥央を宥めるようにとんとんと尾てい骨を叩き、額に張りついた前髪を払ってくちづけた。

「動けそうか」

衝撃に勢いをなくした性器をゆるゆると扱かれ、先走りに濡れた下生えを掻き混ぜられる。

暴れたいとばかりにどくどくと脈打つ鼓動を身の内で感じ取ってはいても、実弥央の膝は震えて力がろくに入らなかった。

「も、すこし……、待って」

汗まみれの額を、肩口に預けて頼む。苦しいけれど、その奥にじんわりと甘い感覚もある。抜いてしまいたいとは思わない。でももう少し馴染むまで待ってほしかった。

「わかった」

「ん、ぁ…ん、ン、ぅんっ」

そっちは待ってくれても、龍崎はただじっとしているつもりはないらしい。

脇腹を撫でた手が親指を伸ばして、つんと立った胸の尖りに触れる。弾力を楽しんでくにくにと押し込むように捏ねられ、じんじんと下腹に響く愉悦が生まれた。龍崎の手の中で芯を取り戻しつつあった雄の先端にぷくりと先走りが盛り上がる。

だんだんと物足りなさが膨らんでいく。試しに腰を揺らめかせると、それだけで背筋が快感に震えた。

「ぁ、は……ぁん」

「ゆっくり、出来る範囲でいい」

そう言って龍崎も実弥央の動きに合わせてゆるゆると腰を揺すり始める。

ぎこちない腰遣いでも下からの突き上げと合わさると思わぬ深みにまで入り込まれる。

穏やかな揺さぶりにもかかわらず、脳天にまで突き抜ける快感が背筋を駆け上がった。

「あっ、ァ、あ、ぁッ、ふか」

「くっ……」

深みを抉られるのが、意識が遠のくほどに気持ちいい。

実弥央の締めつけに、龍崎が眉を歪めて快楽を噛む。もっとその感じている顔が見たくて、実弥央は夢中になって腰を揺すった。熱のこもった吐息が耳を掠め、興奮をまぶしたくちづけが肩に首筋に唇にいくつも浴びせられた。

やがて龍崎の律動は激しさを増し、実弥央は揺さぶられるだけになった。龍崎の大きな両手が尻を鷲掴む。抜ける寸前まで持ち上げられては落とされ、前後にがくがくと揺さぶられる。

実弥央は固い腹筋に己の欲望を擦りつけながら、両手と両足で龍崎にしがみついた。

「イキそうか？」

「んッ、んっ、ぁ、ぃ…あ、あッ」

白濁の混じり始めたぬるつきが龍崎の腹に筋を作る。伝い落ちたそれは卑猥に濡れる結合部にまで垂れて混ざる。

「…っ、木谷さん、一緒に」

立て続けに敏感な最奥を穿たれて、ビクビクと腰が跳ねた。前に潜り込んだ手が張り詰めた実弥央のものを扱く。一際深くまで貫かれた衝撃に、実弥央は声にならない悲鳴を上げて達した。

「あああ、あ、ふか…ッ、ァ――――ッ」

達した締めつけに龍崎が低く呻く。どくり、と太い脈動が飲み込んだ雄の根元から響いた。爆ぜた欲望に粘膜が二度、三度と叩かれる。じわじわと腹の奥に熱が広がっていく。

「好きだ」

「……ん」

荒い息の合間に囁かれる。

出された欲の証でナカが濡れていく感触に恍惚となりながら、実弥央は小さく頷いた。

「木谷さん、愛してる」

「……ん、…」

くったりと肩に頭を預けて目を閉じる。告白が心地よく染み込んでくる。限界まで貪ら

れた疲労が実弥央を素直にさせていた。嬉しいと胸の真ん中がときめくままに告白を受け取る。

腰に絡めていた足が力を失ってシーツに落ちる。汗まみれの肌と肌が吸いつく心地良さに、実弥央はうっとりと吐息をこぼした。「俺も」と言えたのは、きっと夢ではないはずだ。

＊＊＊

ふたつ打った拍手が澄み渡った青空にまで響き渡った。

両手を合わせ、実弥央はよくよく感謝を伝えた。

なにはともあれ幸せな結末に辿り着いた、はずだ。

それらは猫神様の神通力で実弥央が猫に姿を変えられたからこそだ。

深い一礼を終えて、実弥央は周囲を見渡した。

最近は朝方でもじっとりと汗ばむ日が増えてきた。梅雨が明ければうだるような日々の連続になりそうだ。

猫の起源は中東の砂漠地帯に生息していたヤマネコらしい。それ故に犬より暑さに強い印象があるけれど、それにしたってこの湿気の多い暑さはつらいのではないだろうか。

みゃおん、とブチ模様の猫が実弥央の足にしっぽを絡ませ、何事もなかったかのように去っていく。猫特有のツンとした挨拶を見送り、汗でずれたメガネの位置を直して木陰に目を凝らす。

サビ柄の貫録ある猫と抱きあうようにして眠っている三毛猫がいたが、探している猫ではない。社の裏手も見てみたが、あの美しい毛並みの白猫――ロン曰く猫神様の化身は見つけられなかった。

「ちゃんとお礼も持ってきたんだけどな」

猫が飛びつくと話題のスティックおやつだ。もしいるならお礼にと思って持参してみたが……どうやらいらないらしい。

(他の猫にやれってことかな)

姿が見えないのはそういうことだろうと解釈して、実弥央は近くにいたハチワレ猫のそばにしゃがみ込むと猫用おやつを開封して与えた。すぐににおいを嗅ぎつけて数匹の猫が寄ってくる。

「慌てんなって、まだあるから」

我も我もと迫る猫たちを宥め均等に与える。

持ってきた三本を食べきった猫たちは「みゃお」とお礼のひと鳴きを残して各々(おのおの)の昼寝場

所に戻っていった。

「…………何やってんだ、あいつ」

社の裏から正面に戻ると、龍崎が賽銭箱の縁に座ったシャム猫と見つめあっていた。やけに神妙な顔つきをしている。

「木谷さん」

なんだよ、と返事をしかけて、どうも自分に声をかけたわけではなさそうだと気づいてやめる。

「……戻らないのか。今度はどうして猫になったんだ」

ぼそりと落とされた疑問に呆れてしまう。たしかにそのシャム猫は、猫になった時の実弥央によく似ている。

（だからってなんでそうほいほい猫になったって思うんだよ）

そういえば実弥央が社の裏に回る前、龍崎は子猫の兄弟が戯れている様子に気を取られて、こちらに背中を向けていた。声をかけなかったから、実弥央を見失って焦ったんだろう。

龍崎が抱き上げようとすると、シャム猫は毛を逆立てて威嚇した。

龍崎が伸ばした手を引っ込める。顔には出ていなくても、あれは相当なショックを受けてるな、と実弥央には読み取れた。

「おい、その猫は俺じゃないからな」

「…………木谷さん」

　声をかけながら歩み寄ると、視線だけ実弥央に向けた龍崎が、シャム猫にもう一度視線をやって安堵の息を吐く。

「違うのか。…………よかった」

「あたりまえだろ、そう何度も猫になるか」

　ぺしっと肩を叩いて、ついでに自分に間違われたシャム猫の顎をこしょこしょと撫でてやれば、気持ち良さそうに目を細めてごろごろと喉を鳴らした。

　一瞬だけ実弥央に羨ましげな視線が送られる。龍崎は相変わらず猫には嫌われがちだ。

「それもあるが……木谷さんに拒絶されたのかと思った。違ってよかった」

　真顔で言ったかと思えば、猫を抱きそこなった手が素早く実弥央の手を掴んだ。指を絡めるようにして繋がれる。とっさに振り払おうとしてしまったが、幸い、強く握って阻まれる。それが嬉しいと素直には言えない代わりに、大人しく握らせておいた。

　赤く染まった顔を見られたくなくて、背けてしまうのは許してほしい。

「恥ずかしいセリフ、真面目な顔で言うなっていつも言ってるだろ」

「ただの本心だ」

　本気で言ってるから龍崎は性質が悪い。

耳先まで真っ赤に染めた実弥央に気づいているだろうに、龍崎はそれには触れず、「行こう」と歩き出した。手は繋いだままだ。みゃぁんとシャム猫が二人を見送る。

「うちに来るだろう?」

「まだ荷造り、終わってないから……」

実弥央は龍崎に気づかれないよう、ほんの少しだけ歩調を落として歩く。一秒でも長く、この時間が続けばいい。

「やっぱり引っ越すのか」

「それ言うの、何度目だよ」

「…………数えてない」

憮然とした男を可愛いと思う。でも引っ越しはすでに決めたことだ。契約も済ませている。いくら龍崎が渋ろうとも覆したりはしない。

「たった二軒先だろ」

「……隣より遠い」

実弥央が来週末に引っ越す物件は築二十二年と少し古いが、その分、部屋は広く家賃は三千円下がる。それに三階の南向き角部屋でリフォーム済み、なによりペット可だ。

実弥央はロンと一緒に暮らすつもりだった。

人間に戻ってからロンとは話せなくなっていた。でも意思の疎通は出来ている気がする。

一緒に住まないかと誘った実弥央に、ロンは「みゃ」と承諾の返事をしたし、物件の下見に行った際にもついてきて一緒に部屋を検分した。

実はすでにネームタグと首輪を購入してある。青いベルトに金の金具のそれは、制服姿の龍崎を意識して決めたものだ。

龍崎はそういうところには鈍い男だから気づきはしないだろう。ただ鶴来と犬飼には一発でバレそうだ。

彼らにはあの後、ものすごい勢いで問い詰められた。

借りた傘を失くしてしまったと詫びた実弥央に、犬飼は目を真っ赤にして「傘なんてどうでもいいよ。実弥央になんかあったんじゃないかってすっごい心配したんだからね」と怒った。本気で心配してくれる友人のありがたさに、素直に「ごめん」と謝った。何度も気にかけて訪ねて来てくれた鶴来にも。

でも本当の理由はさすがに言えなかった。音信不通になったのはひったくりに遭ったから、すぐに連絡できなかったのは同じタイミングで運悪くウィルス性胃腸炎を起こして入院する羽目になったから、で押し通した。苦しい言い訳だったけれど、最後にはそれで許してくれた。

引っ越し祝いは実弥央の新しいアパートで、四人でやるからとすでに犬飼から宣言されている。犬飼がやると言ったら実弥央がどんなに嫌がっても無駄だ。だがいい機会なのかもしれない。

　事件の後、実弥央は龍崎から鶴来との関係を訊かれていた。

　もちろん高校からの友人だと答えた。鶴来が含みのある態度を取ったせいで、どうも二人の間に何かあったんじゃないかと誤解をしたらしい。しかもそれはまだ完全に解消されていない。

　いまだに鶴来を警戒している龍崎には、あの二人の仲を直接見てもらうのが一番手っ取り早いだろう。あまり長引かせたくない誤解だ。

「ロンが羨ましい」

　なにせ龍崎は猫のロンにまで嫉妬する。

「猫相手に何言ってんだ」

「犬でも言う」

　真顔で言われると本気なのか冗談なのかいまいちわからない。どちらにしろ大人げないのに変わりはない。

「お前、たまにほんとガキみたいだな…、あ」

「む……」

　曲がり角からロンがひょこりと顔を出した。

　実弥央は唇を綻ばせ、龍崎は唇を引き結んだ。

「ロン！」

呼ぶと黒猫はしっぽを揺らし、「みゃお」と愛らしく鳴いた。

了

■あとがき■

こんにちは、またははじめまして、越水いちです。
この度は「ニャンダフルライフ」を手に取っていただき、ありがとうございます。なんと三冊目です。個人的に三冊目、というものが特別な意味を持っているので感慨ひとしおです。それだけではなく色々とあって忘れられない一冊となりそうです。

梅雨が明け、日本列島が連日真っ赤に染まっている様子を辟易と眺めながら、このあとがきを書いています。この本が発売される頃にはもう少し涼しくなっているといいのですが……、まだ猫でもふもふぬくぬくするには暑いかな。早く涼しくなってほしい。

当たり前ですが猫になったことがないので、今作を書くにあたり猫は普段、何を考えてるんだろう？　とじっと扉の陰からこちらを窺う猫、早朝から人の顔をてしてしと叩いて起こしてくれる猫、ドアの前で一番可愛い顔でにゃおーんと鳴く猫（ドアを開けての意）、人の寝床のど真ん中で気持ち良さそうに眠っている猫エトセトラに思いを馳せる日々でした。結局「可愛い……」といつも通りの親バカな感想でにやにやしただけで、あまり意味はありませんでした。

猫としてデレを発揮した実弥央(みやお)は人間に戻った後、うまく甘えることが出来なくてことあるごとに頭を抱えそうな気がしています。龍崎(りゅうざき)はそんなツンとしたところも含めて愛して甘やかして、じわじわと上手にデレを引き出していってくれることでしょう。

最後にミドリノエバ先生、カッコ良くも色っぽい龍崎と実弥央、そしておもわず抱き締めたくなる愛らしいニャンちゃんをありがとうございます！　先生のイラストから溢れる艶めかしさがお話をより魅力的にしてくださいました。

担当様には今回も多々ご迷惑をおかけしました、色々とありがとうございます。相談に乗ってくれた友人各位もいつもありがとう。

そして感想や応援をくださるみなさま、ここまで読んでくださったみなさまに心からの感謝を。ありがとうございます。

別の本でもまたお会いできますように。

越水いち

初出
「ニャンダフルライフ」書き下ろし

この本を読んでのご意見、ご感想をお寄せ下さい。
作者への手紙もお待ちしております。

あて先
〒171-0014東京都豊島区池袋2-41-6
第一シャンボールビル 7階
(株)心交社　ショコラ編集部

ニャンダフルライフ

2019年9月20日　第1刷

著　者:越水いち
発行者:林 高弘
発行所:株式会社　心交社
〒171-0014　東京都豊島区池袋2-41-6
第一シャンボールビル 7階
(編集)03-3980-6337 (営業)03-3959-6169
http://www.chocolat_novels.com/
印刷所:図書印刷 株式会社

誰がお前なんかと結婚するか！

千地イチ
イラスト・yoco

…どうしたらいい。あんたに夢中だ。

高校教師の椿征一は、婚活パーティーで軽々しくプロポーズする派手な金髪頭の藤丸レンに呆れていたが、同じヘヴィメタル・バンドのファンだと知り意気投合する。気づけば泥酔し親友への秘めた想いまで喋っていた。藤丸はそんな椿にキスしプロポーズする。ろくに抵抗できないまま抱かれてしまった翌日、藤丸がウェディングドレスブランド『Balalaika』の CEO 兼デザイナーで、椿の親友の仕事相手だとわかり——。

小説ショコラ新人賞 原稿募集

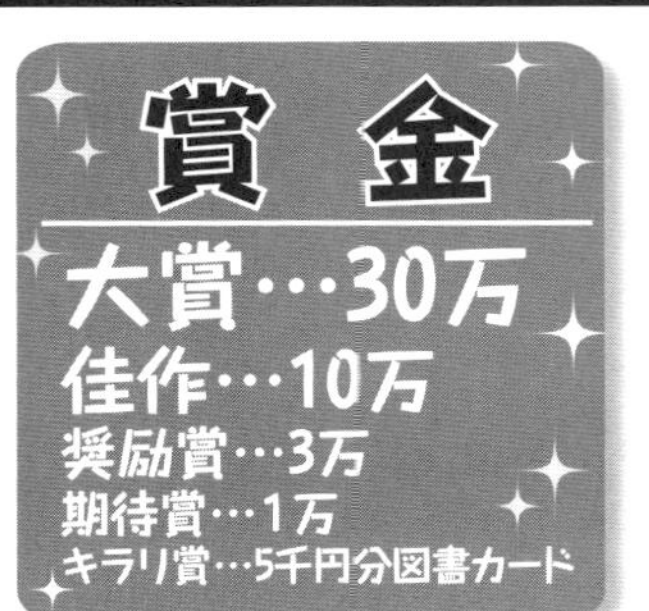

大賞受賞者は即文庫デビュー！
佳作入賞者にも即デビューのチャンスあり☆
奨励賞以上の入賞者には、担当編集がつき個別指導!!

第17回〆切
2020年5月18日(月) 消印有効

※締切を過ぎた作品は、次回に繰り越しいたします。

発表
2020年9月下旬 ショコラHP上にて

【募集作品】
オリジナルボーイズラブ作品。
同人誌掲載作品・HP発表作品でも可（規定の原稿形態にしてご送付ください）。

【応募資格】
商業誌デビューされていない方（年齢・性別は問いません）。

【応募規定】
・400字詰め原稿用紙100枚～150枚以内（手書き原稿不可）。
・書式は20字×20行のタテ書き（2～3段組み推奨）にし、用紙は片面印刷でA4またはB5をご使用ください。原稿用紙は左肩を綴じ、必ずノンブル（通し番号）をふってください。
・作品の内容が最後までわかるあらすじを800字以内で書き、本文の前で綴じてください。
・作中、挿入までしているラブシーンを必ず１度は入れてください。
・応募用紙は作品の最終ページの裏に貼付し（コピー可）、項目は必ず全て記入してください。
・1回の募集につき、1人1作品までとさせていただきます。
・希望者には簡単なコメントをお返しいたします。自分の住所・氏名を明記した封筒（長4～長3サイズ）に、82円切手を貼ったものを同封してください。
・郵送か宅配便にてご送付ください。原稿は返却いたしません。
・二重投稿（他誌に投稿し結果の出ていない作品）は固くお断りさせていただきます。結果の出ている作品につきましてはご応募可能です。
・条件を満たしていない応募原稿は選考対象外となりますのでご注意ください。
・個人情報は本人の許可なく、第三者に譲渡・提供はいたしません。
※その他、詳しい応募方法、応募用紙に関しましては弊社HPをご確認ください。

【宛先】 〒171-0014
東京都豊島区池袋2-41-6
第一シャンボールビル 7階
（株）心交社 「小説ショコラ新人賞」係